서울 마드리드 카사블랑카

서울
마드리드
카사블랑카

김설하 윤지혜 이해일 조수아

차례

여는 말 7

여는 말

 '프로젝트 시선'은 여러 작가가 모여 하나의 소재에 대한 다양한 시선을 담아내는 단편소설 프로젝트입니다. 2018년, 첫 프로젝트로 '식물'을 소재로 삼아 이야기 주변부에 머무르던 식물을 서사의 중심으로 조명하는 《식물콜라주》를 출간하였습니다.

 프로젝트 시선의 두 번째 주제는 '도시'입니다. 우리는 우리 주변을 둘러싼 도시라는 공간 속에서 다양한 관계를 맺으며 살아갑니다. 그리고 그 속에 담긴 사람들의 일상과 감정은 넓은 스펙트럼으로 존재합니다. 《서울 마드리드 카사블랑카》는 네 명의 작가들이 이러한 도시의 공간성에 대해 탐구하고 우리가 발붙이고 사는 도시에 의미를 덧칠한 단편 소설집입니다.

 이 책은 크게 두 개의 부분으로 나뉩니다. 1부에서는 도시를 주제로 네 작가의 단편소설을 담았습니다. 2부에서는 한 작가가 도시에서 찍은 사진과 함께, 그 사진을 보고 상상력을 발휘한 다른 작가의 짧은 소설을 하나의 짝으로 구성하여 총 네 개의 사진과 이야기를 담았습니다.

프로젝트 시선의 상상으로 재구성된 도시와 그 속에 숨어 있는 이야기를 자유롭게 여행하셨으면 좋겠습니다. 여행이 끝나면 도시에 대한 새로운 시선이 피어오르길 희망합니다.

2020년 가을
프로젝트 시선.

1부

도시에서 시작된, 도시를 품은
네 작가의 단편소설을 모으다.

그럴듯한 안녕

김설하

김설하

2018 백마문화상 소설부문 당선
2019 서울대학교 대학문학상 소설부문 가작
2020 계명문학상 단편소설부문 당선

서울대학교에서 국어국문학, 정보문화학을 전공했습니다. 여름에 내리는 눈처럼 현실과 환상이 긴밀히 결합된 글을 추구합니다. 다양한 컨텐츠에 관심이 많아 작년 겨울부터 인디게임을 개발 중입니다. 네이버 블로그 '필연의 작은 글다락방'에 종종 소식을 올립니다.

그럴듯한 안녕

낯선 거리의 언어는 음악 같다. 마드리드 공항에 내려선 나는 캐리어를 쥔 손에 힘을 준다. 공항의 투명한 창밖으로는 비가 쏟아지고 여러 사람들의 말들이 뒤섞여 그 어느 나라의 언어도 아닌 신비한 운율이 만들어진다. 빗방울들이 땅바닥에 부딪히며 만들어내는 불규칙적인 화음처럼, 어둠 속에서 치는 파도처럼, 낯선 억양이 군데군데 섞인 대화들이 밀려오다가, 물러가고, 다시 밀려온다.

나는 경계심 가득한 눈빛을 하고 마드리드 공항을 벗어난다. 공항 밖엔 택시들이 즐비하게 서 있다. 회화용 스페인어를 열심히 익혔지만, 막상 스페인에 도착하니 스페인어가 쉽사리 입 밖으로 나오지 않는다. 회화책을 주섬주섬 꺼내보기엔 어쩐지 민망해져 결국 영어로 행선지를 말한다. 택시 기사는 나이가 지긋해 보인다. 마드리드의 비 오는 밤길을 택시는 천천히 미끄러져 달려간다. 택시 천장에 빗물이 탁, 탁, 내려앉는 소리 사이로 라디오에서 말소리가 들려온다. 대부분의 단어들을 알아들을 수 없었기에 그것들은 말이라기보단 스타카토가 달린 선율 같았다.

창밖을 바라본다. 아마 이 언어를 여행 내내 끊임없이 듣게 될 것이었다. 차창을 타고 흐르는 빗물은 일직선으로 내려가기도 하고, 중간에 꺾여 다른 곳으로 향하기도 한다. 길거리에 걸어 다니는 사람들의 얼굴은 우산에 가려 잘 보이지 않는다.

— Are you Korean?

한참 창밖을 바라보는데 택시 기사가 묻는다. 차이니즈와 재패니즈가 아닌 코리안을 먼저 묻는 것이 생소하다. 어떻게 한국인인 줄 알았냐고 물으니 여행객이 많이 오가는 도시에서 택시를 몰다 보면 자연스럽게 알게 된다고 대답한다. 공항에서 숙소로, 숙소에서 공항으로 사람들을 삼십 년 동안 날랐다고 했다. 내가 살아온 시간보다 사 년은 더 많은 시간이다. 운전대를 잡은 택시 기사의 손은 바싹 말라 힘줄이 도드라져 보인다.

대화 사이사이로 작게 흘러나오는 라디오 소리가 반주처럼 깔린다. 시간은 어느새 밤 열두 시에 가까워져 가고, 택시는 숙소 앞에 멈춰 선다. 지갑에서 지폐를 꺼내 세다, '감사합니다' 정도는 스페인어로 해야 한다는 생각에 여행 책자 맨 첫 장에 있었던 단어를 떠올려 말한다.

— Gracias!

내 서툰 발음에 택시 기사는 기분 좋게 웃더니 선물을 주겠다며 조수석 서랍을 열고 무언가를 꺼낸다.

그가 건넨 것은 'I LOVE MADRID'라는 글자가 쓰인 유치한 마그넷이었다. 가져가 봤자 쓰레기만 될 것이 뻔한 물건에 나는 적잖이 당황스러웠지만, 택시 기사의 호의를 무시할 수 없어 마그넷을 두 손으로 받는다. 그라씨아스. 한 번 더 말하자 택시 기사는 고개를 끄덕이며 미소를 지어 보인다.

택시는 빗길 속으로 사라지고, 나는 숙소로 캐리어를 끌고 가 두꺼운 나무문을 연다.

체크인을 하고 숙소 문을 열자, 방이 한눈에 들어온다. 여섯 평 남짓한 좁은 공간이다. 이 층의 객실이었기에 창밖에 서서 밑을 내려다보면 비에 추적추적 젖어가는 꽃들이나, 덤불 같은 것이 바로 내려다보인다. 한참 길거리를 내려다보다 블라인드를 내린다. 침대는 걸터앉자마자 푹 내려간다. 침대에서 일어나 앉았던 자리를 보자, 여전히 푹 꺼져 있다. 영

좋지 못한 침대라고 생각하며 이불 끝을 만지작거리다, 곧 하루에 이만 오천 원을 주고 자는 숙소인 만큼 가격을 생각하면 이런 침대 형태의 무언가가 있다는 것조차 감사해야 할지도 모르겠다고 생각한다.

수건과 샴푸, 린스, 클렌징 폼 같은 것들을 챙겨 욕실로 들어간다. 뜨거운 물을 맞으며 샤워하자 긴장이 어느 정도 풀린다. 하수구로 빨려 들어가는 물이 만들어내는 회오리를 물끄러미 바라보다 수도꼭지를 잠근다. 잠근 수도꼭지에 맺혀 있던 물이 똑, 똑 떨어진다. 고개를 들어 뿌연 거울에 비친 내 얼굴을 한동안 바라본다. 그것은 얼굴이라기보단 하얀 회반죽같이 번져 보인다. 뚝, 뚝 머리카락에서 물이 바닥으로 떨어지는 소리를 들으며 나는 마드리드 공항의 빗소리와, 내가 떠나온 서울을 떠올린다. 세면대를 붙잡고 있는 손목이 눈에 들어온다. 손목에 난 상처를 만져본다. 떨어지는 비가 그리는 궤적처럼 손목은 붉은 비가 내려있다.

샤워를 끝내고 머리를 수건으로 탈탈 털며 욕실을 나오다가, 숙소 침대 위에 둥둥 떠 있는 I LOVE MADRID 마그넷을 보고 나는 한 발짝도 움직일 수 없었다. 쿵쿵 뛰는 심장과 옴짝달싹 못 하는 몸의 심각한 부조화 상태에서, 공중에 떠 있는 마그넷을 이것이 과연 현실에서 가능한 일인지 멍하니 바라보고 있는데 목소리가 들려온다.

─ 이유현 씨.

─ 네? 네.

목소리가 어디서 들려오는지도 모르는 채 대답한다. 그것은 대답이라기보다는 내 이름이 어디선가 들려오자 나오는 관성적인 탄성에 가까웠다. 마그넷은 내 얼굴 앞으로 둥둥 떠 다가온다. 마그넷이 다가올수록 조잡하게 채색된 I LOVE MADRID가 눈앞을 가득 채운다.

─ 고액 체납자시네요. 관리비를 안 낸 지 이십육 년이 넘었어요.

─ 네?

─ 지구 관리비 말입니다.

이건 또 무슨 소린가. 나는 멍청한 표정으로 지구 관리비, 라고 중얼거린다. 마그넷은 한동안 둥둥 떠 있더니 말을 잇는다.

─ 멍청한 인간들이 자꾸 돈을 안 내요. 지구도 세입자 개념으로 인간을 받거든요. 그런데 다들 자기네 건물에는 관리비를 잘만 내면서 막상 발붙이고 사는 지구에는 안 내요. 적어도 일생에 한 번 즈음은 관리비를 내야 할텐데 말이죠.

─ 도대체 뭐에 대한 관리비를 내야 하죠.

─ 예를 들자면 숨을 얼마나 쉬었는지에 따라서도 돈을 내야죠. 거기에다가 먹고 자고 싸고……. 또 쓸데없는 생각들을

하는 것도 다 돈이에요 돈. 지구의 정신적 공간을 잡아먹고 있거든요. 그게 다 낭비라는 겁니다. 당신의 존재가요. 부지런히 점검하지 않으면 다들 빠져나가요. 쉽지 않은 일이죠.

— 내 존재가 낭비라니 너무한데요.

마그넷은 별말이 없다. 나는 곰곰이 생각해 보았지만 아무래도 억울하다. 그동안 이십육 년을 성실히 살아왔고, 지구에 낭비라고 할 만한 것은 한 적이 없다. 일개미같이 아르바이트를 열심히 했고 학교를 성실히 다녔다. 아르바이트가 끝나고는 학교 뒤편의 다섯 평이 채 안 되는 자취방에서 몸을 새우처럼 말고 잤다. 그리고 다음 날이면 햇볕 하나 들지 않는 창문을 열며 기지개를 펴고, 몸을 돌리기도 힘든 화장실에서 소변을 누고 이를 닦고……. 그러니까, 내게 주어진 인생을 열심히 살아냈다. 그런데 저 마그넷이 그게 다 낭비라고 이야기하고 있는 것이었다. 게다가 나 말고도 낭비하는 사람이 얼마나 많은데 내가 고액 체납자라니. 내가 그렇게 인생을 허비해 왔나?

— 아니……. 그래도 말이에요, 좀 다른 이야기긴 하지만 빅이슈 잡지도 꼬박꼬박 샀고, 카페에서 개인 텀블러도 썼고, 물론 300원 아끼자고 그런 건 아니고요.

— 아, 예.

— 그리고 비닐봉지 대신 친환경 장바구니를 사용했

고……

— 환경 보존 이야기를 하자는 게 아닌데.

— 아무튼 말이에요, 이렇게 먼 나라에 여행 와서 생전 처음 들어보는 관리비 독촉을 받을 줄은 몰랐거든요. 게다가 고액 체납이 될 만한 행동은 하지 않았다고 생각해요. 솔직히 아까 비행기 같이 타고 온 사람들을 보세요. 기내식 먹으면 됐지 괜히 커피를 시키고 라면을 시키고 심지어 과자까지 세 번이나 시켜서 야무지게 먹더라니까요. 그래 봤자 똥만 만들고.

— 그렇게 하지 않아도 똥은 만들어지는데요.

— 그 말이 아니잖아요. 나는 고액 체납자가 아니라고요.

마그넷은 내 말에 잠시 침묵하더니 말한다.

— 지구적 관점에서는 똑같아요. 0이 아니면 무한과 가깝달까.

나는 이 마그넷이 그래도 귀신 들린 물건이라기보단, 지구 관리비를 받으러 온 관리자라는 사실에 어쩐지 마음이 편안해진다. 게다가 마그넷과 대화하는 것은 생각보다 재미있었다. 말하는 마그넷이라니. 내가 침대에 걸터앉자 공중에 둥둥 떠 있던 마그넷도 침대 시트 위로 내려와 이불 위에 사뿐 놓인다.

— 그래서 지구 관리비는 어떻게 내죠?

— 돈으로 내면 됩니다.

— 다행이네요. 영혼 두 개 정도라도 줘야 하는 줄 알았네. 그래서 얼마예요?

— 오늘까지 사백오십이만 원입니다. 고객님.

— 네? 뭐가 그렇게 비싸. 제 통장엔 그만한 돈이 없어요.

— 이십육 년 동안 쌓였는데 이 정도면 합리적이죠. 지구가 얼마나 당신을 관대하게 대해 주고 있는지 모르겠어요?

— 입금은 어떻게 하는데요. 귀신 나라에 뭐, 은행이라도 있나?

— 나는 귀신 같은 게 아니고, 관리자입니다. 우리 관리자들은 당신이 무엇을 했는지 다 알 수 있어요. 어제는 뭘 먹었는지, 어디서 똥을 눴는지. 관리비 납부와 관련된 사소한 것들 모두. 그런데 우리가 모르는 게 단 하나 있어요.

— 그게 뭐죠.

— 당신의 계좌번호. 그건 개인정보라서 당신이 말해주어야만 우리가 돈을 빼 갈 수 있거든요.

— 이상하게 민주적이네요.

— 그러니까 계좌번호를 알려 주세요. 돈 좀 빼 가게.

나는 고개를 젓는다. 그렇다면 순순히 계좌번호를 넘길 순 없지.

— 저, 사실 서울에서 너무 힘들어서 마드리드 왔거든요.

20

실은 생애 첫 여행이에요. 생애 첫 여행인데, 여행 와서 숙소 도착해서 잠들 준비를 하자마자 갑자기 공중부양하는 마그넷이 돈이나 내라고 해서 더 힘들고, 다들 여행 오면 이렇게 나 몰래 지구 관리비라는 걸 납부해 왔나 싶기도 한데. 굳이 친구들한테 물어보지는 않을게요. 신기하긴 하잖아요. 말하는 마그넷.

마그넷은 말이 없다. 나는 말을 잇는다.

— 아무리 생각해도 혼자 여행은 너무 외롭거든요. 공항에서 이 숙소 오는 동안에도 사실, 외로워서 견딜 수 없었어요. 지금 벌써 새벽 두 시잖아요. 밤늦게 공항에 도착했고 공항엔 비가 오는데, 들려오는 말들은 모두 낯선 음악 같은 외국 말들이고요. 택시를 타고 오면서도 그랬어요. 택시에서 흘러나오는 라디오 소리 같은 것들도 사람들의 말소리라기보다는, 혹시 제 말 듣고 있나요.

끊임없이 말을 하다 문득 방을 감싸고 있는 눅눅한 공기와, 웅웅 소리를 내며 돌아가고 있는 낡고 작은 냉장고 소리가 귓속을 파고든다. 아, 아아. 나는 괜히 마이크 테스트를 하는 것처럼 목소리를 내 본다. 거기 듣고 있나요. 여전히 대답이 없다.

— 말이 좀 길어졌는데, 마그넷님. 여행하는 동안 말동무나 좀 해 줘요. 그럼 관리비 낼게요.

나는 마그넷을 냉장고에 아무렇게나 붙여 두고, 몇 번 더 공연히 말을 걸어 보았다가, 아직 축축하게 젖어 있는 머리카락을 드라이기로 말리고, 침대에 새우처럼 누워 잠든다. 마드리드에서 맞는 첫 밤이었다.

*

내가 묵는 숙소 지하 일 층에는 조식을 먹을 수 있는 공간이 있다. 머리를 묶고 적당하게 편한 옷을 입고 지하 일 층으로 내려간다. 조식이라 해 봤자, 씨리얼, 우유, 빵, 토스트기 같은 것이 놓여 있고 알아서 그릇에 담아 와 먹는 것일 뿐이지만. 심지어 아침을 먹을 때마다 숙소비와 별도로 이 유로씩을 지불해야 한다.

토스트기에 빵 두 쪽을 넣고, 구워지기를 기다리는 시간도 이렇게 지루한데, 숙소 예약을 잘못해서 마드리드에 일주일이나 있어야 한다는 사실은 생각할수록 끔찍하다. 삼 주 남짓한 스페인 여행 일정에서 나는 마드리드를 제외하고는 구체적인 일정을 잡지 않았다. 한 도시에 머무는 날짜를 정해 두기 싫었다. 첫 해외여행에서 오는 불안감보다 내겐 정해진 일정이 있는 것이 주는 긴박함이 더욱 견딜 수 없는 것이었다. 그래서 입국하는 이 곳에서의 일정만 정해 놓고 나머지

도시들은 이동할 순서만 정해 두었다.

그런데 첫 도시인 마드리드부터 단추를 잘못 꿰어 버렸다. 다른 도시는 몰라도 마드리드만은 일박 이일, 혹은 당일치기 정도로 충분하다는 말을 많이 들었다. 마드리드는 서울과 비슷하다고. 그냥 사람 사는 대도시 느낌이고, 그래서 답답하고, 관광하거나 여행 온 느낌을 내려면 마드리드에 있더라도 마드리드 근교인 세고비아나 똘레도로 가는 것이 좋으며 사실 마드리드에 하루정도 일정을 잡는다면 근교 여행을 가려고 하는 것이지 마드리드를 보기 위한 목적이 아니라는 말들. 그런데 나는 마드리드에서 일주일이나 머물게 된 것이었다.

철컥. 토스트가 올라온다. 토스트를 이가 나간 접시에 담고, 버터와 잼 몇 개를 챙겨 자리에 앉는다. 토스트에 잼을 발라 먹으며 역시 여기는 유럽이란 생각을 한다. 서울에서 아침에 토스트를 먹는 일은 내겐 흔하지 않았으니까.

마드리드에서 무엇을 할지 아무것도 정해진 게 없었다. 여행 책자를 열심히 살펴봤을 때 돈키호테 동상과 세르반테스 생가, 데보드 신전 같은 것들이 나왔다. 하나같이 지루하다. 하루에 하나씩만 가 볼까. 그럼 삼 일인데. 어쩐지 첫 해외여행인데도 서울에 있는 것만 같은 느낌이다. 오렌지 주스를 마시고, 다 먹은 식기를 반납대에 가져다 놓는다.

숙소엔 엘리베이터가 있지만, 그건 위아래로 움직이는 관 짝 같았다. 어젯밤 캐리어를 들고 숙소로 올 때도, 엘리베이터는 작은 캐리어 하나와 내 몸이 들어가면 꼭 들어맞는 크기였다. 덜덜덜 소리를 내며 나무문이 닫히면 내 눈앞에서 문의 나뭇결을 볼 수 있을 정도로 좁은 너비였다. 언제 고장 나도 이상하지 않을 엘리베이터다. 나는 일부러 계단을 걸어 올라간다. 숙소인 삼 층에 도착하자 다리가 후들거린다.

문을 열고 들어가니 냉장고에 붙여 두었던 마그넷이 침대 옆에 둥둥 떠 있다.

— 당신 말이 너무 많아요.

마그넷은 다짜고짜 말한다. 나는 마그넷에서 들려오는 말이 그렇게 반가울 수가 없었다. 사백오십이만 원 같은 것은 이미 잊어버린 것이다.

— 어제 제가 한 말 다 들었어요?

— 네. 말동무 해 달라고. 대꾸하기엔 너무 피곤해서 대꾸는 안 했고요. 저로선 어쩔 수 없죠. 그렇게 해야만 계좌번호를 넘겨준다니까. 다만 일주일 동안만이에요. 마드리드를 벗어나면 또 다른 관리자가 따라붙을 거거든요. 제가 말한 금액의 두 배를 내야 될 수도 있어요. 그러니 웬만하면 마드리드에서 내세요.

— 그럼 다른 데선 반값이 되기도 하나요?

— 오르면 오르지 반값이 되지는 않아요.

— 마드리드가 제일 싼 건가요. 왜 마드리드가 제일 싸지?

— 마드리드에서 운 안 좋게 잡혔다고 생각하세요. 웬만하면 서울에서 잡혔겠지만. 최초로 발각된 도시에서 납부해야 제일 쌉니다.

나는 한동안 마그넷을 바라보다 말한다.

— 저는 이제 밖에 나가서 거리나 좀 걸어보려고 하거든요. 계속 그렇게 둥둥 떠서 따라올 건 아니죠? 지갑 안에 들어가 있을래요? 아니면 가방?

— 가방, 백팩이죠? 가방이 낫겠네요. 지갑은 소매치기들이 훔쳐갈 수 있어서. 그럼 당신은 돈을 잃고 나도 관리비를 잃으니까.

— 마그넷님을 내다 버리면 돈 안 내도 되나요?

— 돈 받기 전엔 떠날 생각이 없어서, 당신이 마드리드에 있는 한 어떻게든 다시 찾아올 거예요. 그런데 다시 찾아오는 과정이 내가 힘드니까 버리진 말라고.

딱히 대꾸하지 않고 마그넷을 백팩에 넣고, 지퍼를 닫는다. 마그넷을 가방에 넣으면 마그넷이 하는 소리를 들을 수 있을까 싶었지만 마그넷이 내는 소리는 내 귀에다 대고 말하는 듯 어딜 가든 또렷이 들려온다.

— 어디를 가려고?

— 모르겠어요. 일단 좀 걸으려고요.

마그넷은 언젠가부터 슬슬 반말을 섞어 쓰기 시작했지만 나는 개의치 않는다. 나 같은 인간에게 존댓말을 계속 써 주는 것도 이상하지. 숙소를 나서서 마드리드 시내를 걷는다. 비가 온 다음 날이라 날씨가 궂을까 걱정했지만 뜻밖에도 아침부터 밝은 해가 떠, 길거리는 언제 비가 내렸다는 듯 밝기만 하다. 한참을 헤매다 츄러스 가게를 찾았다. 달콤한 츄러스 냄새에 그냥 지나칠 수 없었다.

야외 테이블에 앉아 따끈따끈한 초코에 츄러스를 찍어 먹는다. 카페 맞은편에는 극장처럼 보이는 건물이 서 있다. 잘 차려입은 사람들이 극장 안으로 들어간다. 사람들의 표정은 어쩐지 여유로워 보인다. 한여름에 따뜻한 아메리카노를 한 모금 마신다. 은쟁반에 올려진 영수증을 들고 읽어본다. 5유로, 12유로, 3유로. 마드리드에서 내가 먹고 마시고 머무는 모든 것들은 돈을 필요로 했다. 그리고 그 돈은 네모난 영수증 형태로 청구된다.

서울의 내 작은 자취방을 생각한다. 그 방에서 벌써 사 년을 살았다. 다섯 평 남짓한 네모난 공간에 작은 옷장과 책상과 침대와 싱크대와 화장실이 조잡한 조립품처럼 다닥다닥 붙어 있었다. 가구들로 가득찬 자취방에 들어가면 통조림 속에 들어가 있는 것만 같은 답답함이 느껴지곤 했는데, 그 가구들도 좁은 공간에 어깨를 사 년 동안이나 맞대고 붙어있느라 꽤나 답답했을 것이었다.

그 집에서 나는 서랍장이나 의자라도 된 것처럼 딱딱하게 굽은 등을 하고 잠을 자곤 했다. 지상 육 층이지만 창문 바로 맞은편에 있는 옆 건물 탓에 빛이 들지 않았고, 밤이 되면 술 마신 사람들의 고성과, 옆집 커플의 섹스 소리 같은 것들이 적나라하게 들려오는 방이었다.

그 자취방에서 내가 자신 있게 할 수 있는 일은 반복되는 일상에서 내가 신을 내 몫의 양말을 빨아 너는 것 밖에 없었다. 양말을 언제 빨지, 어떻게 건조대에 널어놓을지 결정하는 것, 오로지 그것이 서울이란 크고 어두운 도시에서 내가 결정할 수 있는 전부인 것만 같았다. 돈을 아끼겠다고 컵라면 하나나, 삶은 계란 하나 같은 것을 한 끼에 하나씩 먹었다. 그렇게 해서 얼마를 아낄 수 있었는지는 잘 모르겠다.

하지만 여행이란 것을 오니, 서울과 별반 다를 바 없어 보이는 이 도시에선 하나에 만 원씩 하는 츄러스도 아무렇지 않게 사 먹게 되는 것이었다. 게다가 내 곁엔 지구 관리비를 청구하러 온, 말하는 마그넷까지 있다.

외롭지 않다.

츄러스를 입에서 씹을 때마다 달콤한 맛이 퍼져나간다. 오늘 이 츄러스를 먹으면 내가 내야 할 지구 관리비가 더 많이 청구되는 것일까. 그래도 츄러스 하나 정도는 괜찮겠지. 애초에 관리비라는 게 어떻게 청구되는지도 나는 알 수가 없다. 어쩐지 관리자 마음일 것만 같은 기분이 드는 것이다. 츄러스 가게까지 오는 길에 들은 바로는 어떤 사람들은 평생을 지구 관리비를 내지 않고 죽고, 어떤 사람들은 죽기 전까지 서너 번 정도 관리비를 내고 죽는다. 그럼 관리비를 낸 사람이 너무 억울하지 않냐, 라고 물으니 마그넷은 대답이 없다. 불리한 질문만 나오면 들리지 않는 척 대답을 하지 않는 것은 마그넷의 특징이었다.

초코는 어느새 서서히 굳었고, 나는 마지막 츄러스를 베어 물고 손을 휴지에 닦는다. 나지막이 마그넷을 불러 본다. 거기, 가방 안에 잘 있나요.

— 네.

— 궁금한 게 있는데 당신 같은 관리자가 도시마다 있는 거예요?

— 그렇다고 할 수 있죠. 서울에도 마드리드에도 뉴욕에도 파리에도, 세계 각국의 도시들 어디에든 관리자가 있죠. 우린 정해진 모양이 없어서 뭐든 될 수 있어요. 나는 이번엔 마그넷일 뿐이고.

— 마그넷은 원래 뭐였어요. 과거라든가 최초의 기억이라든가.

— 나는 과거랄 게 없는데. 나는 그냥 이곳에 기생해 있는 존재라서요. 마드리드와 함께 태어났죠.

— 당신도 죽나요?

— 마드리드에 더는 사람이 없어지면 죽겠죠. 우리 수명은 도시가 피고 질 때 까지니까.

— 여기 사람이 없어질 수가 있을까요? 이렇게 많은데.

— 사람이 늙는 것처럼 마드리드도 쇠할 수 있죠. 없어진 도시가 얼마나 많은데. 모르죠? 오랜 세월이 흐르면 도시가 어떻게 되는지.

— 나는 인간이라서 모르겠네요.

— 영원하지 않다는 거예요. 당신이 츄러스를 먹고 있는 이 공간도 나중엔 황폐한 돌무더기가 될 수도 있어요. 이름도 마드리드가 아닌 다른 것이 될 수 있고, 주변 도시와 합쳐질 수도 있고, 그대로 존재하지만 여길 오가는 사람들의 수가 확연히 줄어들 수도 있고. 그럼 이곳도, 나도 서서히 죽어가는 거죠.

— 그럼 내가 서울에서 마드리드로 왔으니까 서울도 지금 죽어가고 있는 거네요.

— 방금 인간은 자기중심적이라는 말이 증명되었어요. 당신이 서울에서 마드리드로 오든 마드리드에서 서울로 가든 너무 사소해서 큰 차이 없어요. 다만 지구적 관점에서 보자

면 그동안은 서울에서만 내야 했던 관리비를 마드리드에서도 내야 한다는 것이 차이점이지.

— 지구적 관점이란 말 그만 쓰면 안 되나요.

— 숨 쉬듯이 당연한 건데.

— 원래 인간이었는데 죽어서 관리자가 된 게 아니라는 거죠.

— 그렇지. 위령제 같은 거 해도 나는 안 없어져요.

나는 고개를 끄덕이며 자리에서 일어난다. 여기서 계속 앉아 있다가는 영화관에 들어가고 나오는 사람들 무리만 온종일 봐야 할 수도 있다. 도심에 있다는 돈키호테 동상이나 보러갈까, 생각한다. 내리쬐는 뙤약볕 밑을 걸어간다. 백팩을 메고 있는 등에서 땀이 배어나온다. 길거리를 걸으며 보는 풍경은 서울의 그것과 상당히 닮아 있었다. 하늘 높이 솟은 건물들과, 군데군데 보이는 정형화된 프랜차이즈 카페나 음식점들. 서울에서 숱하게 보았던 스타벅스를 마드리드에서도 볼 수 있었고, 자라 매장을 몇 개를 지나쳤다. 프랜차이즈 가게들은 이곳도 그 어느 곳들과 별반 다를 바 없는, 사람들의 피곤한 생활이 거리마다 걸려 있는 곳이라는 인상을 주는 한편, 낯선 나라에서 조금이라도 마음이 편해지게 하는 효과가 있었다. 하다못해 프랜차이즈 카페에서 위안을 받을지는 상상도 하지 못했지만 말하는 마그넷도 있는데 뭐 어때. 경

쾌한 발걸음으로 마드리드 거리를 걷는다. 적어도 지금은 마드리드에서의 남은 시간이 어떻게든 잘 가지 않을까 하는 생각이 든다.

— 당신은 그럼 마드리드에서 평생 살다 죽는 거예요?

— 나는 마드리드를 떠날 수 없어요. 유현 씨가 이 여행이 끝나고 돌아가면 서울에서 남은 일생을 살아 내는 것처럼, 나도 그렇게 할 뿐이죠.

— 그렇게 말하니까 좀 끔찍하네요. 그런 의미에서 저 관리비 납부 안 하면 안 되나요.

— 그건 안 됩니다. 세입자님.

— 딱딱하시네.

마음껏 빈정대 주며 어플을 켜 지도를 확인한다. 돈키호테 동상까지는 이제 십 분 정도가 남았다. 돈키호테 동상을 보면 다음엔 뭘 하나 싶지만, 마그넷과 이야기를 하다 보면 시간이 잘 갈 것만 같다.

— 가는 길을 보니 돈키호테 동상 쪽으로 가는 것 같은데.

— 맞아요.

— 마드리드에서 어딜 갈 생각인 거지?

— 돈키호테 동상도 보고, 물이 항상 예쁘게 차 있다는 데 보드 신전도 좀 보고, 세르반테스 생가도 있으면 보려고요.

— 유현 씨, 그런데 돈키호테 읽어보긴 했어요?

나는 돈키호테를 읽은 것인가 읽지 않은 것인가, 생각하며 대꾸하지 않는다. 실은 내가 읽은 것은 어린이를 위한 돈키호테, 라는 얇은 만화책일 뿐이었다. 어릴 때 본 만화 때문에 나는 돈키호테가 한 권 정도의 소설일 줄만 알았다. 하지만 대학 교양 수업에서 졸업 학점을 채우기 위해 '고전 명작 읽기 - 〈돈키호테〉'라는 사람 안 꼬이는 이름을 가진 수업을 들었을 때, 그 생각은 깨어졌다.

— '고전 명작 읽기'라는 수업이 있었거든요.

정말 말 많네. 마그넷이 투덜거린다. 나는 개의치 않고 이야기를 이어간다.

— '고전 명작 읽기'는 돈키호테를 읽는 수업이었는데요. 수업 이름과 걸맞게 아주 재미가 없었어요. 게다가 돈키호테가 베개로 써도 될 만큼 두꺼운데다가 몇 권이나 된다는 사실을 수업 첫날에 처음 알았어요. 돈키호테를 미리 읽어 와야 되고, 발제도 해야 했었는데, 저는 그 벽돌 같은 책을 첫 수업 시간을 제외하고 전혀 읽지 않았어요.

— 재미가 아주 없었나 보네.

— 그런 셈이죠. 한두 장을 읽다 번번이 더 이상 읽어나가는 데에 실패하고, 발제할 차례가 되면 미친 듯이 인터넷을 뒤져 그 부분 줄거리를 찾고, 논문을 찾아 그럴듯한 말로 토론을 때우고……. 그런데 또 책을 읽지 않은 것뿐, 수업을 안

들은 건 아니니 돈키호테를 아느냐 물으면 안다고도 모른다고도 못 하는 상태가 된 거죠.

— 보통 그러면 모른다고 하던데.

— 아무튼요. 한 학기 내내 돈키호테, 산초, 돈키호테, 산초…… 반복해서 이름을 들으니까 어쩐지 정이 드는 것 같기도 하고, 돈키호테 동상이란 게 이름만 들어도 지루한데 보고 싶기도 하고 보고 싶지 않은 것 같기도 하고.

그렇게 말하다 나는 잠시 발걸음을 멈춘다. 다시 걷기 시작하며, 말을 잇는다.

— 그래도 당신 말처럼 모른다고 하는 게 맞겠어요. 어쭙잖게 안다고 하는 것보다는.

한참을 걸어 도착한 돈키호테 동상은 생각보다 조촐하다.

책자에서 봤던 웅장한 모습은 어디로 가고, 그것은 정말 돈키호테고, 산초일 뿐이었다. 파리 에펠탑이나 런던 빅벤 같은 것도 분명 이런 느낌이지는 않을 것이었다. 어쩐지 지금까지 쓸데없는 열망을 가지고 이 동상을 보러 걸어 온 것 또한 지구적 관점에서 낭비 아니었나 하는 생각에 멍하게 서 있다가, 근처 벤치에 앉는다. 몇몇 사람들이 돈키호테 동상 앞에서 사진을 찍고 있다. 몇 사람이 사진을 찍고 있자, 점점 줄이 만들어지기 시작하며 끝내는 한 번 동상 앞에서 사진을 찍으려면 오 분 정도는 기다려야 하게 되어버린다.

돈키호테와 산초의 얼굴을 뜯어본다. 돌격이라고 외치고 있는 듯한 돈키호테의 모습과, 그 뒤에서 잔뜩 신난 표정으로 말안장을 잡고 있는 산초. 어쩐지 돈키호테보다 산초가 더 신나 보이기도 한다. 돈키호테는 풍차로 돌진하고 있을까. 아니면 여행을 끝내고 집으로 가는 길인가, 아니면 어린이를 위한 만화 돈키호테에 나오지 않는 어떤 다른 장면일까. 다만 무어라 신나게 외치는 돈키호테와, 말안장을 잡은 산초는 오래도록 영원해 보인다. 기쁜 모습 그대로 멈춰 앞으로도 오랜 시간 동안, 마그넷의 말을 빌리자면, 마드리드가 죽기 전까지는 이곳에 그대로 있을 터였다.

벤치에 앉아서 보아도, 사람들의 손이 많이 닿은 말 다리 부분이라든가, 동상의 밑부분은 색이 바래 있다. 지금까지 얼마나 많은 사람들이 이 별 볼 일 없는 동상을 거쳐 갔을까. 한참을 앉아 있다 보니 사진을 찍으려 몰려든 사람들도 점차 줄어들고, 해가 저물기 시작한다. 동상 근처엔 나뿐이었다. 정확히 말하자면 나와 마그넷뿐이다.

— 정말 볼 게 없네요. 마드리드 말이에요.

— 그렇죠. 일부러 말 안 했어. 별 것 없는 거 알지만, 그렇게 말해도 어차피 갈 것 같아서. 그런데 진짜 볼 게 없다고 생각해요? 이건 좀 궁금하네.

마그넷의 물음에 나는 고개를 젓는다. 돈키호테 동상 앞으로 걸어가, 칠이 벗겨진 곳들을 살펴본다.

　— 이 둘은 어딜 가고 싶어 하는 걸까요.

　— 마드리드에서 오랜 시간을 붙어있었지만 그건 모르겠네요.

　나는 가방에서 여행 책자를 꺼낸다. 남은 곳이 어디였더라. 책자를 한참 넘긴 끝에 데보드 신전을 발견한다.

　— 곧 해가 지기 시작할 테니까 데보드 신전에 가 봐야겠어요. 거기가 마드리드에서 가장 볼 만한 곳이라고 하네요.

　왜 마그넷에게 이런 계획들을 알려주고 있는 것인지도 모른 채 마그넷에게 말한다. 마그넷은 또다시 말이 없어진다. 나는 데보드 신전으로 향한다.

　마그넷은 어느 순간부터 지구 관리비에 대한 이야기를 하지 않는다. 내가 지구 관리비에 대한 문제를 잊고 있어서 그럴 테다. 나는 가방 안에서 마그넷을 꺼내, 손에 쥐고 만져본다. 양각된 I LOVE MADRID 글자를 손가락으로 만진다. 나는 마드리드를 사랑합니다. 그렇습니다. 오톨도톨한 촉감 끝에 택시 기사를 떠올린다. 낯선 타국에서 만난 첫 번째 사람. 택시 기사는 지금도 공항에서 손님을 나르고 있을까. 그라씨아스, 라고 서툰 억양과 발음으로 고맙다고 인사하는 나와 같은 외국인에게, 조수석 서랍을 열고 마그넷을 건네고 있을까.

애석하게도 그 뒤로 나는 마드리드에서 택시 기사와의 대화처럼, 다섯 마디 이상 대화한 사람이 없다. 여기서 내가 입을 벌리고 소리 내어 말을 하는 때는 카페에 가거나 식당에 가서 무언가를 살 때뿐이다. 지구 관리비를 내라고 다짜고짜 말한 이 마그넷과는 과연 우리가 서로 소리 내어 말을 하고 있다고 해야 할지 모르겠다.

서울로 돌아가면, 서울의 자취방에서도 관리비를 내야 할 것이었다. 내가 서울에 없는 동안에도 서울의 방값은 똑같이 청구된다. 한 달에 몇 십만 원이 드는 월세. 내가 방에 붙어 있든, 방에 없든 한 달에 내야 하는 월세는 같다.

아침에도 어두컴컴한 방. 잠에서 깨어 블라인드를 걷고 손바닥만 한 창문을 열면 보이는 맞은편 집의 창문과 에어컨 실외기. 내 작은 방에서 지속되는 피곤한 삶. 마드리드에 사는 사람들은 내가 떠나 온 그런 서울로 여행을 갈 수도 있겠지. 그런 생각을 하며 정신없이 돌계단을 오르다 보니, 먼 곳에서 기타 소리와 노랫소리들이 들려온다. 고개를 들어 앞을 본다.

몇몇 사람들이 기타 가방을 열어 발 앞에 놓아둔 채 기타를 치며 노래를 부르고 있다. 어떤 사람은 북을 치고 있고 어떤 사람은 무더운 날씨에도 민소매를 입고 땀을 흘리며 불 쇼를 한다. 기타 소리, 노래 부르는 소리, 북 치는 소리, 불 쇼에서 배경음으로 사용하는 음악들. 모두 그 주위를 지나갈 때만 또렷이 들릴 뿐 그 구역을 벗어나면 언제 그런 소리가 있었냐는 듯, 새로운 소리가 주위를 덮는다. 눈을 감고 기타 소리와, 이해할 수 없는 단어들로 이루어진 노래를 조용히 들어보다가 발걸음을 옮긴다.

오르막길로 이어진 계단 위로 데보드 신전의 윗부분이 보인다. 신전 밑에 고여 있을 예쁜 물을 상상한다. 물 위에 떠 있는 것 같은 신전. 쉬지 않고 걸어 계단 끝에 섰을 때, 눈앞에 펼쳐진 풍경에 나는 할 말을 잃어버린다. 책자에서 보던 아름다운 사진은 어디로 가고, 눈앞엔 황량한 네모난 벽이 세 개 서 있을 뿐이었다. 데보드 신전의 특징이라는, 아름답게 일렁이는 바닥의 물은 어디로 가고 쩍쩍 갈라진 회색빛 바닥이 있을 뿐이었다. 급히 홈페이지를 확인하니, 비수기엔 물을 빼놓고 성수기엔 물을 다시 채워놓는다는 공지가 있다. 힘이 빠진다. 가파른 언덕길을 몇 개나 올라온 것 같은데, 내가 본 것은 신전이라기보단 짓다 만 카페 건물 같은 느낌의 벽들뿐이었다.

— 물이 없네요.

나는 중얼거린다.

— 물이 없으니까 정말 별 것 없네요. 하나도 아름답지 않고…….

그 말을 하며 나는 자꾸만 목이 메어 온다.

— 내가 이걸 보려고 이렇게 먼 길을 걸어 왔나 싶고. 또,

근처에 있는 벤치에 아무렇게나 걸터앉는다. 마그넷은 여전히 말이 없다.

— 여기가 마드리드에서 제일 볼 만한 곳이라는데. 이런 꼴 일 줄 상상이나 했겠어요. 마드리드에도 뭔가 있지 않을까, 사람들이 모두 서울과 다를 바 없이 권태롭다 해도 무언가 다를 것이라 생각했는데.

해가 완전히 지며, 언덕길을 오를 때 까지만 해도 검붉게 노을이 지고 있던 데보드 신전은 이젠 깜깜한 어둠에 잠기기 시작한다. 물이 없는 신전은 을씨년스럽기만 하다. 기타를 치던 사람은 기타 가방에서 돈을 꺼내 주머니에 넣고, 기타 가방을 닫는다. 노래를 부르는 사람이나 불 쇼를 하던 사람은 이미 어딘가로 사라진 지 오래다.

— 다들 어디로 갔을까요. 나처럼 다섯 평 방 침대에 몸을 누일까요. 내가 서울에서 그러했던 것처럼.

— 좀 외롭네요.

— 이럴 땐 당신도 사라지고.

— 많이 외로워요.

*

내가 원했던 것은 단순했다. 그저 나는 인간을 원했다. 같은 이야기를 하고 웃을 수 있는, 나의 세계에 기꺼이 뛰어드는, 그렇지만 절대 나와 같지는 않은 인간 말이다. 하지만 시간이 지날수록 나는 그런 나의 단순한 바람이 어쩌면 평생을 지나도 이루어지기 힘든 무력한 마법의 주문인 것만 같았다.

나와 많이 가까워진 사람들은 나를 어쩐지 견디기 힘들어했다. 나의 사소한 배려들이, 남을 먼저 생각하는 마음들이 오히려 그들을 불편하게 만들어 왔다는 것을 그들과의 관계가 끝난 다음에야 나는 깨닫곤 했다. 예를 들어 점심 메뉴를 정한다고 하면 말이다. 점심 메뉴로는 뭘 먹을까요, 한식? 일식? 중식? 아니면 파스타나, 동남아 음식들? 나는 그런 질문에도 쉽사리 대답하지 못하는 인간이었는데 그것은 내가 딱히 좋아하는 음식이 없어서가 아니라, 남들이 내게 맞추게 하기보단 나를 남들에게 맞추는 것이 더욱 편한 인간이었기 때문이었다. 나의 소중한 친구가 중식을 먹자고 하면 나는 중식을 먹는다. 파스타를 먹고 싶다 하면 나는 파스타를 먹는다. 그것이 내가 그들을 사랑하는 방식이었다.

하지만 그들은 그런 점들이 오히려 피곤했고, 피곤해 왔고, 앞으로도 피곤할 것이었기에 나를 떠나간 것이었다. 너는 특징이 없어, 재미없어, 무슨 생각을 하는지 모르겠어, 답답해,

가끔 무슨 소리를 하는지 모르겠어, 같은 말들을 남기면서. 나는 그 말들을 토씨 하나 빠트리지 않고 모두 기억하고 있다. 잘 닦아서 오래된 유물을 전시하는 것처럼, 나를 아프게 찌른 말들을 보존해 내 가슴 속에 있는 박물관에 전시해 놓는 것이다. 이런 박물관 이야기를 마치 남의 이야기인 양, 말하면 그들은 또 고개를 갸웃할 것이다. 그런 박물관이 세상에 어디 있어, 말이 안 되잖아, 라고 말하면서.

그런 박물관이 누군가의 가슴 속에선 존재할 수 있다고 실없는 소리라도 하며 함께 웃을 수 있는 인간을 원했던 나의 소박한 바람을 생각한다. 내가 사랑했던 사람들은 결국 내게서 멀어져갔고, 그 원인은 모두 내게 있는 것만 같았다. 내가 별 것 없는 인간이라는 것 말이다.

— 그런 인간인 게 잘못된 건 아니잖아요.

이 말은 마그넷이 말 한 말인지 내가 한 말인지 모르겠다.

— 특징이 없는 게 잘못일 수 있죠. 상대방을 불편하고 할 말 없게 만드니까. 밥을 먹으면서도 접시를 달그락거리면서 밥만 먹고, 다른 생각을 하고, 함께 있는 사람은 내게서 무색무취의 공기와 함께 있는 느낌을 받지 않았을까요.

이것은 확실히 내가 한 말이다.

— 그렇다고 당신이 이상한 인간이라고 할 수 있을까요.

— 그러기엔 너무 많은 사람들이 나를 떠나갔어요. 그러니

까, 나와는 어울리지 않았던 인연인 거죠.

신발 끝으로 땅바닥을 짓이기다, 다시 덮는다. 잔뜩 헤진 흙이 아무 일 없었다는 듯 고르게 평평해진다.

— 내가 왜 불행한지 오래도록 생각해 왔는데 말하고 보니 정말 별 것 아닌 것 같네요.

— 뭐, 이해해요. 내가 왜 불행한지 말하기는 쉽지 않은 법이죠. 입 밖으로 나오는 순간 가벼워지기 십상이니까.

— 참 별 볼 것 없는 마드리드에요. 여행 온 사람들은 여행을 와 놓고선 도망치듯 떠나버려요. 비행기 스케줄 때문에 하룻밤 묵더라도 그 하루도 견디질 못해서 톨레도나 세고비아로 튀어나가기도 하죠. 말하고 보니 그게 참

— 저 같네요.

한동안 침묵이 계속된다. 데보드 신전은 이제 완전한 어둠에 잠겨, 담벼락에 걸터앉아 술을 마시고 이야기를 하던 사람들도 모두 사라지고 나와 마그넷만이, 아니, 백팩을 멘 나만이 벤치에 덩그러니 앉아 있다.

— 지구 관리비 말이에요, 지금 납부할까요?

— 지금은 안 받을래요.

— 왜요?

— 당신이랑 좀 더 있고 싶어서. 이건 비밀인데 나도 사실은, 외롭거든요.

마그넷과 함께 왔던 길을 돌아 내려간다. 어둠이 군데군데 묻어 있는 골목길은 서울에서 걷던 골목과 같은 듯 다르다. 자세히 살펴보아야만 무엇이 다른지를 알아챌 수 있다. 길 담장에 쓰인 돌에서 이름 모를 꽃이 피고 있다거나, 담장 밑을 자세히 살피다 보면 숭숭 뚫려있는 구멍을 볼 수 있는데 그 구멍에서 가끔씩 작은 개미가 나오곤 한다는 것들. 열이 맞게 벽돌이 놓인 길목에서도, 가끔씩 마지막 벽돌은 끝이 하나씩 깨져 있었고, 이따금 좁은 골목길 사이로 작은 버스가 탈탈 소리를 내며 나를 지나쳐 올라가곤 하는데 이 긴 오르막길에서 버스 정류장은 단 두 개 밖에 없다는 사소한 사실들 말이다.

아래로 내려갈수록 드문드문 나타나기 시작하는 낮은 가정집들에선 저녁밥을 준비하고 있는 듯한 따끈하고 고소한 냄새가 난다. 하나둘씩 작은 창에 불이 들어오기 시작하고, 덕분에 나는 무사히 좁고 복잡한 언덕길을 내려온다. 포장된 도로에 발을 디디고 내가 걸어 왔던 좁고 가파른 골목길을 돌아본다.

*

I LOVE MADRID. 나는 마드리드를 사랑합니다. 마드리

드를 생각합니다. 마드리드를 사랑합니다. 나는 마드리드를 사랑해야만 합니다. 택시 기사가 내게 I LOVE MADRID 마그넷을 주었을 때부터 내겐 그런 의무가 있었습니다. 나는 마드리드입니다. 마드리드는 나를 사랑할까요? 나는 나를 사랑할까요?

나는 여름에도 긴팔 옷을 입습니다. 마드리드를 사랑합니다. 내게 사백오십만 원을 요구하는 마그넷이 있습니다. 지구 관리비를 납부하라고요. 그 금액은 어떻게 계산될 금액일까요. 내겐 사백오십만 원 같은 큰돈이 없는데, 그럼 어떻게 그 돈을 가져간단 말일까요. 하지만 마그넷은 친절합니다. 대출을 받을 수 있을까요? 지구 관리비는 통장 잔고와 별도일까요? 아무래도 모르겠습니다. 서울에 돌아가면 긴팔 옷을 버리겠습니다.

*

세비야로 향하는 기차 플랫폼은 사람들의 말소리로 떠들썩하다. 이들에게서도 지구 관리비를 받아야 하지 않을까. 내 캐리어는 작지만 무겁다. 내가 탑승할 구역으로 부지런히 발걸음을 옮긴다. 내 걸음소리에 맞춰 캐리어 바퀴가 굴러가며 부드러운 소리를 낸다.

마그넷을 불러 본다.

— 네.

— 저, 이제 떠나요.

— 잘 가요.

— 마드리드 말이에요. 칠 벗겨진 돈키호테 동상이랑 물 없는 신전밖에 없었지만, 그래도 아름다웠어요.

— 낙관적이네요.

나는 웃는다.

— 돈 달라고 왜 안 해요? 지구 관리비 받겠다고 일주일씩이나 붙어있었잖아요.

— 함께 있으려면 언제나 명분이 필요하죠. 지구적 관점에서, 인간들은 한 번 죽으면 그 뿐. 관리비를 납부하지 못 하게 되니까요.

— 다시 존댓말 쓰시네요.

— 헤어지는 마당에 반말 섞기는 뭐해서. 아무튼 말입니다. 마드리드에서 관리비를 받을 생각은 별로 없었어요. 어디서든 내세요. 세비야든, 바르셀로나든, 그라나다든, 서울이든 간에 상관없어요. 중요한 건 당신이 어디든 발붙이고 숨 쉬고 있다는 거죠. 지구니 관리비니 까마득히 잊어버리고 살다가, 이렇게 다시 지구 관리비를 납부하라는 무언가가 나타나면 기꺼이 내세요. 연체에 대한 수수료는 없습니다.

— 고마워요.

— 마드리드에 일주일이나 머물러 줘서 고마워요. 나도.

— 지구적 관점에서.

— 좋은 여행 되세요.

나는 캐리어를 쥐고 발걸음을 옮긴다. 다섯 시 이십 분에 출발하는 열차가 플랫폼으로 요란한 소리를 내며 들어오고 있다. 열차가 들어오고 있습니다, 노란 안전선 밖으로 물러나 주십시오, 같은 말이 스페인어로 나오고 있을 것이다. 이 열차를 타면 어쩐지 여행이 끝나고 서울로 갈 것만 같다. 역에서 내리면 내 작은 자취방이 있는 골목 풍경이 펼쳐질까.

기차 문이 열리고 내 좌석을 찾아 앉는다. 문이 닫히고 열차가 출발하기 시작한다. 이 열차는 시속 백이십 킬로미터로 달립니다. 복도 중앙 천장에 달려 있는 모니터를 바라보다, 창밖으로 시선을 옮긴다. 그렇게 빨리 달려야 할 필요가 있을까요. 듣고 있나요? 조금 천천히 달리는 것도 괜찮을 것 같은데. 마드리드의 별 것 없는 건물들, 서울과 다를 바가 없다며 자조하던 건물들이 어쩐지 보고 싶기도 한 것 같은데, 거기, 들리나요.

마드리드의 풍경이 시속 백이십 킬로미터로 멀어져 간다.

시간여행자의 서울

|||||||||||||||||||||||||||||||||||||||||||||||||||||||

윤지혜

윤지혜

미술비평과 에세이, 단편소설을 종종 씁니다.
소설집 〈식물콜라주〉, 단편소설 〈공중부양〉 (대학신문) 등을 발표했습니다.

서울대학교에서 사회학과 미학을 전공했습니다. 장소, 맛, 감각, 시공간, 생태, 아름다움이라는 주제에 관심이 많습니다. 지금 이곳에서 진행되는 삶과 그 역동에 흥미를 느끼며, 동시대의 인상을 포착하는 크로키 같은 글을 쓰고 있습니다. 텍스트가 근간이 되면서도 오감으로 읽어낼 수 있는 창작을 꿈꾸기에 전시라는 형식을 시도하는 중입니다.

시간여행자의 서울

저물녘 볕 속의 그 건물은 종로의 여타 고층빌딩과 다를 바가 없어 보였다. 깨끗이 닦인 유리가 푸르게 빛나며 거리의 풍경을 반사했고 규칙적으로 정렬된 사각의 창은 데스크와 컴퓨터, 각 잡힌 옷깃의 사무원들을 떠올리게 했다. 하지만 민감한 사람은 건물 가까이 왔을 때 우웅-하는 나지막한 기계음과 바람 같은 진동을 느낄지도 모른다. 아니 그 전에 회전문을 밀고 들어가는 상기된 표정의 아주머니들, 묵직한 쇼핑백을 들고 나오는 커플들, 이가 다 보이는 큰 웃음을 지으며 사진을 찍는 아이들을 보고 걸음을 멈춰 서서 건물 안을 살짝 기웃거릴 것이다.

1층 출입문 너머로 보이는 광경은 온통 하얀 풍경이어서 병원 같다. 하얀 대리석 바닥에 흰 벽지, 흰 조명과 가구들로 채워진 공간이다. 중앙에는 호텔 로비의 체크인 카운터처럼 긴 접수대가 있고 남색 유니폼을 입은 단정한 모습의 남녀 다섯이 서 있다. 데스크 앞에는 삼삼오오 모여 앉을 수 있게 배치한 의자와 테이블이 있는데 그 표면은 한 점의 티끌도 없이 매끄럽다.

그 중 구석 의자에 한 중년 여자가 앉아있다. 그녀는 베이지 색 트렌치코트를 입고 얇은 철 테 안경을 쓴 채 긴장한 표정으로 주변을 두리번거린다. 그리고 결심한 듯, 오른쪽에 두었던 가방을 고쳐 메고 자리에서 일어났다. 여자는 정면 카운터로 걸어가 조심스럽게 말했다.

"저 오늘 그, 예약을 했거든요, 다섯 시."

서글서글한 인상의 여자가 카운터 앞으로 걸어오는 것을 본 직원은 모니터에 띄워진 이름들을 훑었다. 5시 예약자 – 고영희, 김한수, 김민정, 최준수, 이은희, 임숙지 외 4인, 손지연 외 7인.

이름은 이은희예요, 라고 여자는 덧붙였고, 이름을 클릭하자 회원 정보 창이 떴다.

"3월 16일 오후 5시부터 8시까지, 3시간 예약하셨네요. 맞으시죠?"

직원은 기본적인 사항을 확인했다. 이은희가 화면을 들여다보면서 아 네 맞네요, 고개를 끄덕이자 이동 코스와 추가 요청 사항 란을 보여준다. 이은희는 네 이거 맞죠 네네, 하고 작게 중얼거렸다.

"이쪽에서 안내해드릴 겁니다."

직원은 접수대 아래에서 큰 지도 하나와 브로슈어 두 개를 꺼냈다. 이은희가 종이를 주섬주섬 챙기는데 "이은희씨" 하는 목소리가 들렸다. 주머니에 파란 스카프를 꽂은 한 여자가 손짓하고 있다.

둘은 자동문을 지나 엘리베이터를 타고 8층으로 올라갔다. 문이 열리자 좁은 복도 양 옆에 하얀 문들이 끝없이 연이어 있고, 그 중 809호실 문이 열린다.

"자 지금부터 설명 드릴게요. 안내 드리는 대로 하나 하나 하시면 됩니다."

직원이 건네주는 온갖 물품들을 받아 엉거주춤하게 선 이은희에게 직원은 이곳 저곳을 가리키며 설명을 시작한다. 이은희는 그 말들에 떠밀려 옷을 갈아입고 장갑과 고글을 쓰고 어느새 방 한가운데에 있는 컨베이어 벨트 위에 섰다.

"준비 작업은 이게 끝이에요. 간단하지요? 이제 제가 방 밖으로 나가서 프로그램을 실행시킬 겁니다. 가만히 기다리시면 입장이 될 거에요. 들어가서는 그냥 평소에 걷는 대로 다

니시면 되고요. 혹시 문제가 생겼다 하시면 여기 옆구리 쪽
에 있는 우둘투둘한 버튼 있죠? 그 동그란 거, 그거 누르시면
됩니다. 중간중간 저희 직원들이 체크하고 있으니 걱정하시
지 마시고요."

직원은 사무적인 목소리로 마지막 안내사항을 읊더니 준
비가 되었느냐고 물었고 이은희는 두 손을 꽉 쥐고는 고개를
끄덕였다. 차트를 챙겨 들고 흰 문 밖으로 나가는 모습을 마
지막으로 갑자기 불을 끈 것처럼 눈 앞이 캄캄해졌다.

어둠 속에서 작은 사각 점들이 점차 나타난다. 점들은 뭉쳐
뚜렷해지고 선명해지면서 형태들이 모습을 갖춘다.

주위를 둘러본다. 익숙한 풍경, 한옥 대문 앞 현판에 한자
로 '대한문'이라고 써 있고 바닥의 보도블록 옆으로는 검고
흰 횡단보도가 있다. 이은희는 눈 앞으로 팔을 들어올려본
다. 흰 셔츠 소매와 통통한 손이 보인다. 손가락을 구부려본
다. 손가락은 미세한 변화까지도 감지해 까닥거린다. 움직여
볼까, 이은희는 무릎을 들어 경중경중 뛴다. 펑퍼짐한 검은
바지를 입은 다리가 함께 경중거린다. 팔을 들었다 내리고,
뒤로 휙 돌았다 다시 앞을 보고, 그러다 정면에 노이즈 같이
무언가 지직거리는 걸 발견한다.

저건가?

이은희는 가만히 멈춰 서서 침을 삼킨다. 서너 걸음 옆에서

공기 중에 물감을 흩뿌린 것처럼 사각의 점들이 생겨나고 있다. 점들은 뭉쳐서 다리가 되고 손이 되고 몸통이 되었다. 그리고 마침내, 한 사람이 완성되었다.

갈색 잠바에 무릎이 헤진 청바지를 입은 남자, 금색 잠자리 안경과 흰 운동화. 마침내 모든 형상이 갖춰졌을 때, 그가 고개를 한 번 갸웃거렸을 때, 이은희는 두 손으로 입을 가리고 낮은 비명을 내질렀다. 남자는 아주 오래 전, 기억 속에 묻혀 있던 그 익숙한 웃음을 짓는다. 이은희는 눈을 꾹 감는다.

*

아주머니들의 간지러운 소근거림은 아주 우스울 지경이었지만 배우들은 결코 웃지 않았다. 강현규는 입 안쪽 벽을 살짝 깨물고는 터져 나오려는 실소를 참았다. 그는 테이블 위에 올려져 있는 젓가락을 집어 들었다. 아무 무게도 느껴지지 않았다. 그는 만두를 집어 입에 가져가려다가 도로 내려놓았다. 여기는 B방이다. 이 음식과 음료는 먹을 수 있는 것들이 아니다.

옆에 앉은 이은희는 무릎에 손을 올려놓고 강현규를 바라보고 있다. 힘을 잃어 축 쳐진 파마머리에 쌍꺼풀이 옅게 진 작은 눈, 벌렁한 콧방울. 자글거리는 잔주름이 웃을 때마다 얼굴을 가득 채운다. "그러니까 그 소리치는 장면에서 선배가 연기를 어쩜 그렇게 잘 하는지……" 강현규는 연기라는 말에 정신을 차리고 이은희를 본다. 이은희는 수줍은 표정으로 강현규를 힐끔힐끔 쳐다보고 있다. 아, 나의 연기가 아니라 윤광현의 연기 얘기다.

[이름] 윤광현
[성별] 남성
[나이] 23
[기본정보] 서강대학교 경영학과 3학년, 인천 출신, 연극동아리. 장난기가 많고 유쾌함.
[선택사항] 얼굴 합성, 목소리 변조

동행배우 요청 칸에 적혀있던 이 정보에 따라 강현규는 귀밑까지 오는 장발에 철 테 안경을 쓰고 볼이 핼쑥하게 파인 남자의 모습을 하고 있었다. 여행서류를 접수할 때 이은희가 첨부한 여섯 장의 사진을 합성해 삼차원으로 바꾼 모습이었다.

'대학교 시절 연극 동아리에 멋진 선배가 있었어요. 저의 첫사랑이라고 부끄럽지만 밝혀 봅니다. 하루하루 설렜던 그 시절이 참 아쉽고 그립습니다. 잠시라도 그 때로 돌아가고

싶어요.'

이은희는 비고 칸에 이렇게 적었었고, 그녀가 입력한 것처럼 둘은 덕수궁 대한문 출입 포털로 입장해 명동까지 걸어갔다가 거기서 함께 연극 소품을 사고 만두를 먹는 코스를 따르는 중이었다. 이은희의 '캐리어'에는 체호프 〈갈매기〉 극에 필요하다는 다양한 잡동사니들이 담겼고, 이제 명동 한복판의 만두집에 와서 고기만두 한 접시와 간장 종지를 앞에 두고 둘은 이야기를 나누고 있었다.

"선배 그 대사 기억나요? 뜨레쁠레르가 니나한테 마지막 장면에서 하는 말 있잖아요. 그거 진짜 좋던데."

이은희는 시스템에 입장한지 두 시간 전부터 지금까지 계속 연극 이야기만 하고 있다. 줄곧 한껏 상기된 모습이다. 강현규는 미리 외워두었던 대사를 천천히 뱉었다. 이은희는 빙그레 웃으며 물잔을 만지작거린다.

1980년대 서울의 모습을 가상현실로 재현한 '시간여행자의 서울'은 시간여행을 기술적으로 가능하게 해보겠다는 포부를 가지고 출발한 VR 엔터테인먼트 기업 워킹서울의 첫 야심작이었다. 여행객이라고 불리는 이용자들은 이 시스템 안으로 들어가서 40년 전의 서울을 걷는 체험을 할 수 있었다.

"저희 프로젝트는 시간과 공간의 문제, 그러니까 차원에 대한 것입니다."

워킹서울의 대표는 '시간여행자의 서울'에 대한 설명을 요청하면 이렇게 시작하곤 했다. 그는 그 특유의 상기된 얼굴과 섬세한 제스처로 말을 이어나갔다.

"다들 아시다시피 지금 우리가 살고 있는 이 세계는 사차원입니다. x, y, z 축을 그려보세요. 이렇게 삼차원의 공간이 생기죠? 거기에다 시간이라는 또 다른 축을 더하면 사차원이 되는 것이지요. 그런데 삼차원 공간에는 건물도 짓고 움직이기도 하면서 자유롭게 다룰 수 있지만 이 시간이라는 요소는 어떻게 하지를 못해요. 시간은 그냥 앞으로 흐를 뿐이지요."

그는 다른 사람들과 간간이 눈을 맞추고 있었지만 그의 눈빛은 사람들 너머의 어딘가, 저 멀리에서 점점 뭉쳐 형체를 갖춰나가고 있는 아이디어를 찾아 흔들리는 듯 했다.

"그런데 저희는 여기서 발상을 살짝 전환해보았습니다. 시간을 여행한다는 게 뭡니까. 시간 축 위에서 앞으로, 뒤로, 그러니까 과거로, 미래로 이동하는 것 아니겠어요? 현실적으로 우리가 시간이라는 차원을 마음대로 다루지는 못해요. 하지만 과거의 공간을 그대로 만들어 놓고, 현실인 것처럼 그 공간에 머물 수 있으면 시간 여행을 하는 기분이 들겠지요. 이걸 더 정교하게 하고 더 확장시키면 우리는 시간 여행이라는 착시를, 아니 실제로 시간 여행을 하는 경험을 전달할 수 있는 겁니다. 이러한 비전을 가지고 '시간여행자의 서울'은 시작되었습니다."

출시하자마자 이 프로젝트는 논쟁의 중심에 섰다. 어딜 가든 가상과 현실, 새로운 산업혁명 같은 이야기가 오갔고, 워킹서울의 신사업에 대한 기사와 분석들이 쏟아져 나왔다. 서울의 과거로 돌아갈 수 있다는 이 기획은 사람들의 흥미를 자극했고 머지않아 이 가상의 시간여행은 서울에서 빼놓을 수 없는 명소가 되었다.

'시간여행자의 서울' 프로그램에서 강현규 같은 동행배우는 인기 옵션이었다. 동행배우는 가상세계를 걸을 때 그 속에 등장하는 인물 역할을 하는 배우였다. 이들은 여행객 옆에서 처음부터 함께 할 수도 있고 아니면 길거리에 있는 사람이나 버스의 안내양, 식당 종업원 같은 역할을 맡아 중간부터 등장할 수도 있었다. 이 동행배우가 언제 어디서 등장하기를 바라는지는 여행 등록을 할 때 여행자가 직접 선택했다.

이용객들은 몇 가지 카테고리 중에서 고를 수 있었다. 전문 가이드처럼 이 지역에 대한 설명을 해줬으면 좋겠다 싶으면 '여행 가이드'를, 어디에서 어떤 성격으로든 불쑥 말을 걸었으면 좋겠으면 '우연한 마주침'을, 하루의 짧은 설렘을 원한다면 '첫눈에 반하는 상대'를 골랐다. '멀티맨'은 만화방 주인이나, 도로공사를 하는 아저씨 같은 역할로 스쳐 지나가며 여러 번 나왔으면 좋겠다는 항목이었고, 외에도 12가지의 역할이 더 있었다.

거금을 투자해서 장대한 여행을 하고자 하는 사람들은 동행배우를 열 명이고 스무 명이고 고르곤 했다. 한 동네를 이룰 만큼의 역할들이 동행배우들에게 부여되었다. 호프집 사장님, 동훈이 엄마, 동훈이, 공장에 다니는 숙미, 고등학교 선생님, 물가에서 노는 꼬마, 식당 아줌마. 여행객들은 이런 한 무리의 배우들과 과거로 돌아가 어떻게 흘러갈지 예측하기 어려운 한 편의 즉흥 연극에 참여했다.

더 개인적이고 감정적인 만남을 원하는 이용객들은 자기가 바라는 배우의 특성을 상세하게 적어냈다. 배우들은 이 특징에 맞게끔 성격을 연출하고 하루의 여정을 함께했다. 이런 사람들 중에서는 특히 연인과의 사랑과 추억을 복구하려는 사람들이 많았다. 배우자와의 연애시절을 회상하는 사람, 이미 헤어진 연인이나 학창시절 첫사랑과의 하루를 다시 보내려는 사람들. 강현규는 이들과 영화관에 가기도, 동네 골목을 걷기도, 다방에서의 미팅에 참여하기도 했다.

요 근래에는 학교에서 단체로 현장체험학습을 오는 건수가 늘었다. 초등학생 학급이 오면 여러모로 시끄러워진다.

학생들은 안내원들의 지시에 따라 동시 입장 가능한 최대 인원인 20명에 맞추어서 서너 팀으로 나눠져 입장한다. 이런 투어 그룹들은 배우 출신인 강현규 같은 동행보다는 전문적인 가이드들이 동행했다. '근대화의 발자취를 따라서', '한국문학기행', '신세대와 구세대의 공간' 등의 학습 코스가 특히나 이런 학교 단위의 이용객들에게 인기가 많았다.

*

정민지 (21)

드디어 저도 갔다 왔습니다! 작년에 이거 나왔다는 얘기 듣고 아 진짜 가봐야겠다, 이거 솔직히 대박이다, 하고 생각했는데 그 때는 예약이 꽉 차 있었잖아요. 거의 한 달 정도 완전 풀로. 그 때는 자리 못 구했다가 이번에 제 남자친구가 기념일 선물로 티켓을 준거에요.

저희는 여행 코스를 따로 고르지는 않고 그냥 저희끼리 돌아다니기로 했어요. 대신에 블로그에서 본 것처럼 덕수궁 근처 포플러 다방에서 차를 마시고 프라자 호텔 이탈리아 레스토랑에서 스파게티 먹고, 이건 일정에 꼭 넣기로 했지요. 동행배우도 선택할까 하다가 그냥 그래도 처음이니까 우리끼리 시간을 보내자 해서 일단은 뺐어요.

종로 본사에 도착해서 예약 확인을 하면 지도를 한 장씩 나눠줘요. 그걸 보면서 잠깐 기다리니까 금방 저희를 부르더라고요. 안내해주시는 분 따라서 엘리베이터를 타고 올라가면 어떤 방이 나오는데 그냥 거의 빈 방에 약간 프로젝터처럼 생긴 큰 기계가 있고, 뒤에 런닝머신 같은 벨트가 있어요. 그리고 흰 가운이랑 장갑, 고글을 주고 그걸 다 입으면 안전 점검을 합니다. 그리고 카운트다운이 시작되고 드디어 들어갑니다.

가상현실에 입장하고 나서 처음에는 이게 뭔가 싶다가 또 살짝 전율도 돌고 소름도 끼치더라고요. 진짜 생생하게 만들어놨거든요. 그냥 약간 진짜 밖에 나온 것 같은 느낌? 좀 못 사는 나라로 여행 온 것 같은 느낌? 근데 그게 간판도 한국어로 써 있고 옛날 사진에서 본 것들이랑 너무 비슷하니까 일반적인 여행이라기에는 좀 비현실적이었죠. 가끔 밤에 티비에서 하는 고전영화 있잖아요. 그런 곳에 딱 들어간 것 같은 느낌이었어요.

저희가 출발한 곳은 종로1가였는데 입장하자마자 보이는 게 '제일 상회', '브람스 다방' 같은 간판들이었어요. 그 촌스러운 색깔이랑 폰트 아시죠? 그리고 건물도 되게 허름하고 좀 안 튼튼해 보이고, 1층에는 무슨 슈퍼 같은 거 있었는데 거의 시골 구멍가게 느낌? 근데 또 사람은 아무도 없고 도로에 차도 하나도 없어요. 주변에서 아무 소리도 안 나고 진짜 묘했어요.

남자친구는 실제 모습과 거의 비슷했어요. 가끔 후기를 보면 손 부분이나 입 부분이 살짝 모자이크된 것처럼 깨진다는 사람이 있는데 저는 그런 건 없었죠. 그냥 실제 옆에 있는 사람 같았어요. 말 하면 다 들리고 둘 다 똑 같은 거 보고 있고. 그냥 정말 데이트를 하는 것 같았는데, 손을 잡거나 뭐 터치를 하거나 할 때 아무 느낌도 안 나는 게 좀 다르긴 했어요.

이은희 (54)

사실 여기는 식구들에게 알리지 않고 왔습니다. 남편은 아마 제가 친구 만나러 간 줄 알 거에요. 뭐 사실은 친구 만나는 거 맞긴 맞지요. 그냥 좀 기분 전환을 원했던 것 같아요. 요즘 좀 답답했거든요. 만약 제가 옛날로, 순수하고 풋풋하던 그 시절로 돌아갈 수 있다면. 서울에 갓 올라온 제가 반짝반짝 눈을 동그랗게 뜨고 다니던 시절, 그러니까 재미있고 희망 있던 시절, 그 때의 하루로 잠깐이나마 돌아갈 수 있다면.

사실 고민을 하기는 좀 했어요. 아무래도 지난날들을 끄집어낸다는 게 과연 지금의 나에게 좋은 일인지 고민이 되긴 했거든요. 사실 그 때 안 좋은 일들도 많았어요. 처음 올라와서 말 못할 일도 당하고, 뭐 아주 촌스럽고 어리바리하기도 했고. 그런 것들을 되돌리고 싶은 것일지. 동창 모임도 안 나가고 연락 오는 친구들도 잘 안 만나거든요 제가. 근데 왜 이렇게 큰 돈 주고 과거로 가고 싶어 하는 것인지.

그런데 말이지 동창 모임은 현실적인데 이 여행은 오히려 좀 꿈 같다고 해야 할까? 그랬어요. 하룻밤 옛 시절로 돌아가는 꿈을 꾸는 거죠. 제가 무슨 꿈을 꿀지 고를 수 있고 엄청 생생한 꿈. 그 때의 모습, 그 사람, 감정들이 다 생생하고 일어나도 잊히지 않는다는 게 다르지만요. 꿈보다 더 좋다면 좋은 것.

그래요, 대학 시절 첫사랑을 만나고 왔어요. 그 선배와 걸었던 명동 거리를 같이 걸으면서 예전에는 너무 설레고 긴장돼서 하지 못했던 말들을 다 했어요. 그 시절 함께했던 미희언니, 진숙이, 경애도 만날 수 있었으면 좋았겠지만. 그래야 완성되거든요 저희 연극단원들이요. 그건 다음에도 할 수 있으니까요. 그래도 훌륭한 연기를 해 주신 배우님, 누군지는 모르지만 감사 드려요.

여행 프로그램이 끝나고 일층 커피숍에 내려와서 커피를 마시는데 마음이 참 먹먹하기도 하고 또 다시 제 생활로 돌아가는 게 싫기도 하고 그냥 그랬어요. 좀 착잡하고 아쉽고.

그런데 저와 비슷한 표정으로 앉아계시는 아주머니들을 몇 분 봤어요. 묻지는 않았지만 저처럼 젊었던 시절로 돌아갔다 오신 게 아닐까 그런 생각이 드네요. 가능하다면 다음에 꼭 한 번 더 오고 싶습니다.

*

"현규쌤 제가 이제 사투리 거의 마스터한 것 같은데, 들어보실래요?"

엘리베이터를 기다리는 강현규 옆에 김정민이 다가와 말한다.

"음음, 여기에 말이에요- 콜라랑 커피 두 가지가 있는데요- 사람들이 뭘 선택할지는요- 확실히 말하기가 어려워요. 뭘 선택하더라도요- 자기가 가지고 있는 기존 입맛과 취향에요- 전부 코디네이션이 될 수 있도록 하는 것이 좋겠지요."

강현규가 헛웃음을 친다.

"이게 포인트가 있어요. 솔직히 쌤도 이거 연습해야 한다니까요. 리얼하게 가야죠. 이게 제가 진짜 옛날 영상 찾아보면서 연습했는데 살짝 조리 있게, 근데 멍청하게 해야 돼요. 당연한 얘기를 엄청 길게 늘려가지고."

엘리베이터 문이 열리고 둘은 들어간다.

"A-73호였지?"

김정민은 고개를 끄덕이고 강현규는 숫자판을 누른다. 사각 큐브 공간이 위로 올라갔다가 앞으로 나아간다.

"쌤 근데 제가 그거 말했나, 지난번에 제가 의상실 배우 했었잖아요. 근데 제가 옷 입는 거 좋아하긴 해도 막 용어들은 잘 모르거든요. 뭐 시보리가 어쩌고 꿰매는 게 어쩌고. 근데 의상실 할 때마다 오는 사람들이 그렇게 자세하게 물어봐요. 자기는 어깨 치수 좀 넉넉하게 입는 편이 좋은데 품을 일 센치씩 늘릴 수 있는지, 또 뭐랬더라, 차화연이 〈사랑과 야망〉에서 입었던 것처럼 원피스가 아니라 투피스로 하고 싶은데 그런 스타일로도 되냐고 하던데. 아니 제가 그걸 어떻게 알아요."

"그런 거 회의 때 얘기 해봐. 의상실도 쇼핑 섹션이랑 연결돼 있지 않나?"

"맞아요. 진짜 뭐 리스트를 줘서 골라 살 수 있게 하든가 아니면 진짜 맞춤제작이 되게 하든가 해야지 약간 그 중간에서 지금 애매하게 있으니까 사람들한테 뭐라 말을 하기가 그래요. 상황을 제대로 줘야 연기를 하든 말든 하는데."

김정민은 유리 창 밖으로 다른 공간들이 이동하는 걸 지켜본다.

"참 근데 쌤, 여관 쪽도 했다고 했었나요?"

"아니 그건 나 말고 동관이 형이랑 지연이가 많이 했었지. 여관 쪽은 거의 A형이잖아. 난 A가 더 어려울 것 같아."

"저도 A 몇 번 했는데 진짜 좀 웃겨요. 말하다가 가끔 현타 오고."

엘리베이터가 멈추고 도착했다는 말과 함께 문이 열린다. 신발장과 마룻바닥이 보인다. 강현규와 김정민은 신발을 벗고 방 안으로 들어선다.

"딱 맞춰서 왔네. 저기 앉아."

회색 티셔츠에 청바지를 입은 한 남자가 구석 테이블을 가리킨다. 국화식당 요리사 직으로 있는 이경이다.

"일단 메뉴는 저건데 오늘 테스트할 거는 꼬리곰탕이랑 오징어볶음이거든? 그걸로 하나씩 줄게. 찬은 김치랑 나물로 하고."

"그러면 3500원 내야 돼요?"

"됐고 그냥 맛만 잘 좀 봐줘봐. 뭐 굳이 테스트할 필요까지는 없을 것 같긴 한데, 어쨌든 새로 추가하는 거니까."

곧 투박한 플라스틱 접시에 오징어볶음이, 뚝배기에는 꼬리곰탕이 담겨 나온다. 다섯 개로 나뉘어져 있는 반찬 접시에는 각종 나물과 김치가 담겨 있다.

국화식당 같은 음식점은 시간여행자의 서울을 더 과거처럼, 실제처럼 만들기 위해 도입된 공간들 중 하나였다. 아무

것도 할 수 없는 빈 삼차원 공간일 뿐이었던 도시에서 진짜 여행 경험을 할 수 있도록 부가 기능이 추가된 것이다. 당시의 상점, 일부 집과 여관, 시청과 도서관, 의상실, 문방구 등의 공간이 입장 가능해졌고, 몇 미술관에서는 1980년 당시에 했던 전시들을, 영화관에서는 그 시절 흥행한 영화들을 볼 수 있었다. 쇼핑도 할 수 있어 여행 중 상점에서 고른 물건은 캐리어 리스트에 담겨 여행이 끝난 후 받아갈 수 있었고 360도 사방에서 사진이 찍히는 기능도 추가되었다.

하지만 음식과 음료를 먹는 것은 도저히 가상에서 구현이 되지 않았다. 음식의 모양은 사실적으로 만들어낼 수 있었지만 그 맛과 향은 디지털로 옮겨오지 못했던 것이다. 식사에 대해서는 두 대안이 나왔다. 하나는 음식은 가상으로 만들 수 없는 만큼 음식점과 다방, 술집 공간은 실제로 만들자는 것이었다. 그리고 가상과 현실을 넘나드는 시스템을 도입했다. 그래서 이동식 연극 무대처럼 방들은 제어 장치에 부착되고 움직이기 시작했다. 프로그램 중에 음식점에 가고자 한다면 방들이 와 부착되고, 그 다음 문턱을 넘듯이 음식점 공간으로 건너갈 수 있는 것이다. 80년대의 모습을 한 식당에 요리사들이 투입되어 당시의 메뉴를 선보였다.

"모든 공간을 유동적으로 만드는 거지요. 엘리베이터처럼, 큐브처럼, 움직이고 재조립되고, 가상에서 현실로 건너갔다 건너오는 겁니다. 그러면 음식점도, 카페도, 집도, 구현할 수 있지 않겠어요?"

이를 A형 공간이라고 불렀다.

하지만 이 경우에는 처음에 같이 입장했던 동행배우들이 들어갈 수 없었다. 현실 공간으로 넘어가면 동행배우에게 덧씌워졌던 이미지가 없어지고 다시 본래 모습으로 돌아오게 되는 것이다. 양복을 입은 중년 남성이 갑자기 근육질 젊은 이로 바뀌거나, 80년대 서울 말씨로 통명스럽게 툴툴거리던 아가씨가 동글동글한 얼굴로 수수하게 웃는 30대의 배우가 되면서, 가상 속에서 이루어 놓은 관계와 분위기가 다 깨져 버렸다.

이 때문에 이은희가 선택한 것 같은 B형 공간이 도입되었는데 여기서는 음식점과 다방 같은 공간들도 다 가상의 연속이었다. B형 공간에서는 배우와 함께 입장할 수는 있어도 음식을 실제로 맛 볼 수는 없었다. 만지고 들 수는 있으나 아무 느낌도 향기도 나지 않는 요리 앞에서 사람들은 태연하게 젓가락을 입으로 가져가고 음식을 맛있게 씹는 척하며 웃곤 했다.

*

워커스페이스
《 모두를 위한 집들이
- 청년들은 어디서 살아왔는가 》展

참여작가 장준영/시각예술가

장준영은 서울을 오랫동안 관찰하고 그 외관을 사진과 드로잉, 지도, 복합 설치 작업으로 기록해 왔다. 이번 신작 〈우리 집〉 시리즈는 1980년대와 2020년대 청년 주거 공간의 건축적 특징을 사진, 평면도, 미니어처 모형 등 다양한 매체로 담아내고 그 시각적 세부들로부터 미시사회사적 맥락을 읽어낸다. 작가는 시각예술에만 국한되지 않고 한국 현대소설, 신문기사, 바슐라르와 벤야민의 공간론을 재배치하며 도시에 대한 비평적 읽기와 쓰기를 시도한다.

장준영은 개인전 〈예술가 K의 시간여행 (사루비아 다방)〉, 〈사직동 71번지 (공간 형)〉을 비롯해 8 차례 개인전을 열었고, 〈2019 젊은 작가 모색 (국립현대미술관)〉, 〈서울산수유람기 (세종문화회관)〉 등 주요 단체전에 참여했다. 장준영 작가는 워킹서울이 동시대 시각예술가들과 연계해 과거와 도시를 아카이빙하는 '청년작가전시지원 공모' 제 2회 수상자이다.

–

"도시를 산책하며 건물들이 이루는 풍경을 바라봅니다. 닳은 모서리나 얼룩들은 시간의 흔적을 드러내고, 거리와 골목들은 각각의 시각적인 특성과 미감으로 저에게 말을 겁니다. 탐구자에게 이런 도시의 파사드는 인물도 사건도 서사도 없는 이야기를 들려주지요. 사람들의 필요와 욕구를 담아내고 있는 한 편의 추상적인 이야기 말입니다. 사회의 욕망에 따라 그 모양을 변화시키는 이 도시는 시대의 추상화 같다는 생각이 들어요. 개인적, 사회적 굴곡들의 세부를 지운 채 한 시대의 본질에 대해 말하는 추상적 조형물, 그 시대 모든 사람들이 만들어내는 하나의 조각이자 우리 모두가 둘러싸여서 살아가는 거대한 예술 작품 말이에요.

도시의 외관을 기록하고 재배치하는 제 작업은 최근 시간여행자의 서울 서비스를 이용하면서 그 범위가 더 넓어졌습니다. 정말 방대한 자료의 바다가 펼쳐진 것이지요. 과거의 서울을 산책하며 한 시대가 함께 조형한 미감을 감상하는 건 어떤 역사책보다, 소설보다, 영화보다 그 시대를 직관적으로 가장 잘 알려줍니다. 그 때는 간판이 이러했구나, 거리가 이러했구나, 건물에 창은 이렇게 났고 이런 집에서 사람들이 살았구나, 실내 공간은 이렇게 꾸몄구나. 하나씩 들여다보고 그 때와 지금의 연속성과 차이를 가늠하다 보면 우리의 가치

관, 물질적 여건, 사회적인 격차가 어떻게 변해왔는지, 언어화하기 어려운 깨달음이 옵니다. 구체적인 설명 없이도 무언가가 느껴지지요.

여태까지는 동시대의 도시 풍경에만 주로 초점을 맞추었다면 이제는 과거와 현재의 관계에 대해 말하고 싶습니다. 현재에 남아있는 과거의 모습, 이제 사라져 버린 모습, 그와 함께 남거나 사라진 어떤 정신적인 것, 관계, 문화에 대해 탐구하는 것 말이에요. 40년이라는 격차를 둔 풍경들이 서로에게 손을 뻗어 빛을 발하는 순간, 그 한 순간을 위해 저는 오늘도 고글과 장갑을 끼고 걷습니다."

-

워커스페이스 원형전시실에서 6월 7일부터 7월 12일까지 〈모두를 위한 집들이-청년들은 어디서 살아왔는가〉 전을 개최한다. 전시연계프로그램으로 도시사회학자 최이수, 건축가 유찬희와 함께하는 80년대 서울 투어가 2회 진행된다. (사전 예약은 아래 링크 참조)

*

2020.07.17 22:39, (37°32′ 00″N 126°56′ 11″E)
오제성 (62, 남), 강현규 (29, 남)

오제성은 흐르는 강물을 내려다보았다. 물은 검고 넓었다. 강가의 가로등 빛이 강물에 반사되어 수면은 규칙적으로 일렁였다.

오제성은 끝에 대해 생각했다. 파도가 집어삼키는 전복, 침몰, 투신. 그는 거대한 물에 휘말려 일말의 헐떡임으로 사라지는 결말에 대해 자주 생각하곤 했었다. 오제성은 근래의 나날들을 돌이켜보았다. 그간 무언가 계속 해왔었지만 그에게 남은 것은 없었다. 그는 자신의 몸뚱어리를 내려다보았다. 마른 몸에 배만 힘없게 불룩 쳐져 벨트 위에 얹혀 있었고, 몸을 지탱하고 있는 두 다리는 앙상했다. 무기력이 덮쳐 이제 서 있는 것도 힘겨웠다.

내 인생의 포물선은 줄곧 하락하고 있다. 어제보다 더 암울한 오늘이고, 내일은 그보다 더 하향세에 있을 것이다.

오제성은 눈을 감았다. 이 하강의 변곡점이 언제였는지 그는 거슬러 올라가본 적이 있었다. 젊음, 교직, 학생들. 나의 청춘은 꽤나 푸르고 맑았었는데. 돌이킬 수 없는 그 짓을 하고부터 내 인생은 하락세였나.

촌지, 교무실에서 잘못 탄 라인. 이 두 단어로 그는 자신의 실패를 규정했다. 몇 차례 학교를 옮기고 한동안 다시 교사 생활을 했지만 그 이후로 일들이 전부 꼬였다. 결혼, 이혼,

퇴직, 불명예. 그는 이 참에 깊이 숨겨둔 감수성을 살려 작가가 되겠다는 수를 두었고, 아내가 만족하여 화목한 가정을 꾸릴 만한 안정적인 직장과 생활비를 얻어내는데 빈번히 실패하였으며, 이류나 삼류의 허접한 창작물만을 내었다.

오제성은 그를 무시하는 가족들의 시선과 주변인들의 눈빛에 오래도록 노출되어 있었다. 그는 더 까칠하고 까다롭고 외로워졌다. 꽤 긴 시간 동안 그는 아무 것도 만들어내지 않았고, 그저 학원 통학 버스 운전, 마트 물류 관리 같은 계약직 일자리들을 전전하며 한 달 끼니를 벌어먹었다. 오제성은 자신이고 세상이고 꼴도 보기 싫어했으며 건강에 이상이 오고 있음을 느끼면서는 희망을 내려놓기 시작했다.

그는 요즘 벌어들이는 돈의 대부분을 '시간여행자의 서울' 서비스에 쓰고 있었다. 세 달에 한 번 꼴로, 일주일에 사오만 원 씩 모아둔 돈으로 워킹서울을 예약하고, 온 종일 과거에 빠지는 것이다. 이 텅 빈 적막과 그리운 익숙함을 위해 오제성은 세 달을 살아냈다. 그는 나머지 밤들을 소주 한 병과 추억의 잔상에 취해 보냈고, 맑게 찰랑이는 작은 잔 속 투명한 술을 보며 오랫동안 그리던 물에 대해 다시 생각했다. 가상현실로 갈 때마다, 그 고요 속에서 홀로 걸을 때마다 어떤 모호하고 묵직한 무언가가 확실해졌다. 그는 이것이 장난 같은 그의 인생에 잘 어울리는 에피소드라고 생각했다. 그는 이름을 남길 것이고, 최초일 것이고, 또 어쩌면 이것은 정말 최후가 될지도 모르는 일이었다.

그렇게 그날 오제성은 어둠이 완전히 배어 든 저녁에 마포 대교 위에 있었다. 그가 서 있는 이 공간은 너무나 아름답지만 현실도 아니고 그의 것은 더더욱 아닌, 기억의 무대일 뿐이었고, 그는 지금도 아니고 그 때도 아닌 그 알 수 없는 시간대에서 마치 잘못 쓴 원고를 구기듯 그의 인생을 가차없이 뭉개볼 것이었다. 이제 이 종이의 시작과 끝은 알아 볼 수 없게 뒤섞여서 오제성이라는 사람의 굴곡들은 있었던 듯 혹은 없었던 듯 그렇게 구겨진 종이 틈에서 요동하다가, 부유하다가 잠잠해질 것이었다. 그는 가상의 마포대교에 서서 가상의 강물을 내려다보았다. 오랜만에 즐거웠다, 재미있었다, 웃음이 배어 나왔다.

그러다 문득 이 엽기적이고 장엄한 광경에 목격자가 필요하리라 하는 생각이 들었다. 오제성은 서비스 차트 버튼을 누르고 동행배우 호출을 눌렀다. 그리고 15분 뒤, 멀리서 한 남자가 걸어오는 것이 보였다. 오제성은 강물로 시선을 돌렸다. 배우가 충분히 가까이 다가왔을 때 그는 배우 쪽을 힐끔 보았다. 배우는 곧 입을 뗄 듯한 표정을 짓고 있었다. 오제성은 뒤로 물러났다. 그리고 난간을 향해 달려갔다.

갑자기 누가 앞에서 그를 밀어낸 듯 뒤로 몸이 밀려났다. 어라, 오제성은 다시 몸을 들이밀었다. 이번에도 마찬가지였다. 다시 제자리에 돌아와 있었다. 옆에서 그를 바라보는 시선이 느껴졌다. 조금만 지체하면 저 사람은 나를 말릴 것이다. 이 모든 건 수포가 될 것이고 내가 뒤집어쓰는 건 여느 때와 같은 또 하나의 수치일 뿐이다. 오제성은 급히 뒤로 다섯 걸음 물러났다. 그리고 달렸다, 돌진하는 힘으로 그는 두 발을 땅에 딛고, 점프했다, 그리고 난간 너머로 세차게 몸을 던졌다.

*

남산 출입 포털로 입장했을 때 주변에는 아무도 없었다. 지금 같은 호출은 흔치 않았다. 처음부터 동행을 신청하는 게 아니라 여행하다 중간에 동행 배우를 부르는 경우 말이다. 이런 때는 그 시간에 일이 없던 배우가 즉석에서 투입된다. 그리고 여행객에 대해서 주어지는 정보는 최소한의 신상에 불과하다. 지금의 경우에는 호출한 사람의 이름이 오제성이라는 것, 서비스 이용 경험이 열두 번째라는 것, 평균 이용 시간이 8시간 이라는 것, 그리고 지금 마포대교에 있다는 것뿐.

강현규는 마포대교 입구로 접속해 지도 버튼을 클릭했다. 오제성의 위치가 작은 초록 점으로 깜박였다. 다리 하단 즈음이다. 강현규는 그 쪽으로 걸어갔다. 강현규가 도착했을 때 오제성은 다리 난간 앞에 서서 강물을 내려다보고 있었다.

강현규는 몇 번이고 인기척을 냈지만 오제성은 돌아보지 않았다. 그는 느리게 움직이는 강물을 가만히 바라볼 뿐이었다. 간혹 속을 앓는 듯 끙끙거리는 소리를 냈다. 그러다 불현듯 그는 고개를 돌려 두꺼운 안경 너머로 강현규를 힐끔 쳐다보았다.

그리고는 이를 악물고 난간을 향해 정면으로 돌진했다. 질주한 속도가 무색해지게 그는 가볍게 툭 튕겨져 나갔다. 난간은 홀로그램일 뿐이었지만 그 너머로 가는 건 프로그램 상 오류라고 인식되었다. 그는 허공에 팔을 휘젓다 다시 서고 질주하고 튕겨져 나가고 질주했다. 순간적으로 일어난 일이었다. 강현규는 오제성을 향해 두 팔을 어정쩡하게 들고 이러지도 저러지도 못하는 채로 짧은 음성을 헛되이 내질렀다.

중년의 남성은 게임 캐릭터처럼 우스운 이 동작을 몇 번 반복하다가, 달린 속도 그대로 난간 앞에서 두 발로 점프했다. 그의 몸이 공중으로 던져졌다. 강현규는 그의 형상이 대각선으로 날아올랐다가 난간 앞에서 튕겨지는 모습을 지켜보았다. 난간은 여전히 있었고 강물은 일렁였고, 남자의 형상은 픽셀처럼 파열되어 바닥에 쌓였다. 형상의 찌꺼기는 덩어리로 뭉쳐 다리 위에서 깜빡였다. 순간 강현규의 시야에 금이 갔고, 접속이 해제되었다. 강현규는 흰 방으로 돌아와 있었다. 그는 땀에 젖어 축축해진 고글을 벗었다.

다른 방에서는 한 중년의 남성이 바닥에 머리를 박은 채 고꾸라져 있었다. 뒤에서 런닝머신의 벨트는 빠르게 돌아가고 있었다. 흰 바닥에 핏방울이 배어져 나왔다. 고글은 코뼈를 옆으로 완전히 뭉개버렸고, 그 안에 쓰고 있었던 안경은 유리알이 아스러져 누렇고 두꺼운 피부에 빽빽하게 박혔다. 손목은 불가능하게 비틀려 있었다. 남성은 눈을 게슴츠레 뜬 채 코를 움찔대고 입술을 금붕어처럼 동그랗게 모아 뻐금댔다.

회사는 두 주 동안 잠정 휴업에 들어갔다. 〈시스템적으로 자살이나 자해는 불가능합니다.〉 2주의 기술적 정비 끝에 여러 장치들이 보강되었고, 안전교육 매뉴얼에는 새로운 항목이 추가되었다. 응급실로 옮겨졌다는 그 남성에 대해 강현규는 더 묻지 않았다.

*

초특급 새해 이벤트!

-아직도 지루하게 러닝머신을 뛰시나요?

-게임만 했는데 살이 빠졌다고요?

-시간 가는 줄 모르게 운동하고 싶으신가요?

1980년대 서울을 걸어보세요.

신개념 다이어트 -가상현실 워킹/ 러닝 프로그램.

혜택 하나,

신년맞이 할인 이벤트:

사전 등록하면 선착순 50명 5% 할인, 샤워실 무료 제공.

혜택 둘,

친구와 함께, 연인과 함께, 가족과 함께!

동시 가입 시 워킹 코스 가이드 투어 1회 무료 제공

주차 3시간 무료! 최고급 샤워실, 사우나 제공!

*

한국경제 [인터뷰]
가상현실 콘텐츠, 독창성을 도모하라
- 워킹서울 정호연 대표를 만나다

워킹서울은 1980년대 서울을 가상현실(VR)로 재현하고 이를 직접 걷는 체험을 제공하는 최첨단 디지털콘텐츠 기업이다. VR개발자, 인터페이스 디자이너, 건축가, 도시설계사, 공간 디자이너를 비롯한 전문가들이 모인 이 기업은, '기술을 통한 세미-시간여행'이라는 새로운 문화 산업의 흐름을 만들어내고 있다. 워킹서울은 창업 3년 만에 이용자 300만 명, 월 매출 40억 원, 일평균 이용자수 1000명을 달성하며 무서운 기세로 성장하고 있다. 해외 VR엔터테인먼트 기업들이 워킹서울의 사례를 벤치마킹해 유사 콘텐츠를 개발하고 있어 이 분야의 선두주자로서 맹활약 중이다. 정호연 대표도 빠르게 성공신화가 되었다. 종로구에 위치한 워킹서울 본사에서 정호연 대표를 만나보았다.

Q. 독특한 이력이 눈에 띈다. 이전에 서울시 도시설계 공모전에 출품한 경험과, 부동산에 IT를 접목한 서비스인 프롭테크 스타트업의 개발자로서의 경력도 있고 선문대학교 3D 창의융합학과 교수직을 맡기도 했었는데, 어떻게 VR 관련 법인을 설립하고 VR 콘텐츠를 만들게 됐나?

 - 학창 시절에 건축과 컴퓨터 공학을 공부하고 도시설계, 건축, 부동산 관련 3D 콘텐츠 개발 업무를 10년가량 했다.

돌이켜 보면 공간, 건축, 도시, 기술 이라는 관심사 안에서 기회가 되는 대로 일을 했던 것 같다. 이 과정에서 자연스럽게 3D, VR, AR 관련 기술들을 익혔고 기술로 공간을 재현하는데 관심을 가지게 되었다. 그러다 우연히 서울역사박물관에서 VR관을 만드는 프로젝트에 참여해 80년대 명동 거리를 구현하는 팀에 참여했다. 이 일을 하면서 두 가지 큰 깨달음을 얻었다. 우선 전시 때 관람객들이 줄을 서 보는 것을 보고 과거 공간을 직접 경험하는 것에 사람들이 호응하는 것을 알았다. 이런 사업을 확장하면 가능성이 있겠다고 생각했다. 또 생각보다 과거 자료들이 많이 남아 있어서 사실적으로 과거 공간을 재현하는 게 충분히 가능하다는 걸 알 수 있었다.

Q. 다양한 VR 엔터테인먼트 콘텐츠와 어트랙션을 개발하는 기업들이 많았는데 워킹서울이 성공할 수 있었던 이유에 대해 설명해 달라.

- 콘텐츠의 독창성과 기술적 완성도가 가장 큰 성공 요인이지 않았나 싶다. 단순한 오락으로서의 VR이 아니라 시간여행이라는 콘셉트를 바탕으로 남아있는 사진과 기록 자료들을 활용해 역사적으로 고증된 과거를 구현해냈다는 점이 우리 콘텐츠의 독창성이라고 생각한다. 이전의 시간에 대한 궁금증을 자극하고, 과거에 대한 향수와 기억에 부응할 수

있는 콘텐츠라는 뚜렷한 정체성을 갖고 있는 것이다. '시간 여행자의 서울'은 엔터테인먼트를 넘어서서 현재를 사는 개인에게 치유, 감동, 의미를 줄 수 있다고 생각한다. 또 이런 발상이 완성도 있는 기술로 뒷받침되고, 거기에 실제 여행에서 누릴 수 있는 체험들을 할 수 있게 부가적이고 아날로그적인 서비스를 덧붙인 것이 성공 요인이 되었던 것 같다.

Q. 스타트업은 어떻게 구성했나? 초기 비용이 상당히 많이 들었을 것 같은데 어떻게 감당했나?

- 이미 서울역사박물관 프로젝트에서 같이 협업했던 팀이 있어서 시작이 용이했던 것 같다. 그 팀원들이 대부분 스타트업에 참여했고 그 때 나눠져 있었던 부서에 인원을 충원해 처음 회사를 구성했다. 또 적절한 시기에 정부나 벤처캐피탈의 투자를 받는 등 운이 좋았다. 정부 지원금이 핵심적이었기 때문에 정부 과제를 따내기 위해 시도했고, 한국콘텐츠진흥원 과제를 받아서 사대문 내로 시범 모델을 구축하고 사업을 론칭할 수 있었다. 그 후에 더 투자를 받아 서울시 전역 구현으로 콘텐츠를 확대할 수 있었다.

Q. 앞으로의 계획은 어떻게 되나.

- 현재 워킹서울은 많은 프로젝트를 기획하고 있다. 우선

현재 서비스 중인 1980년대 서울을 더 구체화할 계획이다. 특히 기술만으로 해결이 되지 않는 아날로그적 실내공간을 보완할 예정이다. 현재까지는 다방, 포차, 레스토랑, 영화관, 미술관 정도의 공간만 구현해 놓았는데 주거 유형별로 시범 아파트, 고급아파트, 양옥집, 도시한옥집, 셋방의 공간을 더 만들고 그 안에서 할 수 있는 여러 활동들을 추가할 것이다. 실제 시간여행을 하는 것 같은 현실감을 더 느낄 수 있으리라고 기대하고 있으니 많은 관심 바란다.

한편으로는 솔루션 고도화를 위해 전문기업과 협업 중이다. 2차원 사진으로 3D 아바타를 만드는 작업을 계속 해오고 있는데 그 완성도를 더 높이고, 모션을 더 자연스럽게 하기 카메라를 활용한 모션 캡처 기술을 보유한 기업과도 협업 중이다. 해상도와 사실성을 더 높이는 방향으로 개발할 예정이다.

Q. 가상현실 상에서 발생하고 있는 사건사고들에 대해 어떻게 생각하나.

- 워킹서울을 이용하는 고객층은 다양한 관심과 욕구를 가지고 있다. 그 중 이 시스템에서 충족시키려고 해서는 안 되는 욕망까지도 가상현실 속으로 가지고 들어오는 경우가 있다. 그렇기에 사건사고는 불가피하다고 본다. 최근 발생한

오 씨 사건과 유사한 목적을 가진 사람이 시스템에 재입장하지 않으리라고 보장할 수 없다. 그러니 중요한 것은 이에 대응하는 메커니즘을 구축하는 것이다. 2주간의 휴지 기간 동안 워킹서울은 벨트 자동 멈춤 시스템, 안전장치 부착, 보호막 설정 등 안전과 관련된 사안을 기술적으로 보강하였다. 또 이를 여러 차례 시뮬레이션을 해 다양한 문제 상황에 대응하는 장비와 인력을 갖추어 놓았다. 이번 사건은 워킹서울에게 서비스의 허점을 찾아내고 이를 보강해 한 단계 더 도약하는 계기가 되었다. 앞으로도 안전 문제에 대응해 선제적 준비와 위기상황 경보, 사후 처리 메커니즘을 매뉴얼화해 촘촘하게 구축할 예정이다.

Q 서울이 아닌 다른 도시를 구현할 계획도 있나.

- 워킹서울 콘텐츠의 정체성은 시간여행에 있고 당분간 그 방향을 고수하고 싶다. 시간여행을 위해서는 워킹서울이 구축하는 공간이 지금 이 곳의 공간과 연결이 되어 있어야 한다고 생각한다. 잊힌 과거 공간으로 복귀하고 이를 직접 체험함으로써 다시 현재 서울로 돌아왔을 때, 지금의 도시를 조금은 다른 관점에서 바라볼 수 있기를 바란다. 이 도시를 더 이해하고, 겉모습 너머에 있는 사연들이 더 소통되고 이해되기를 바란다. 서울이 아닌 다른 도시, 파리나 뉴욕이라

든지, 혹은 판타지적인 세계를 만든다면 이러한 콘텐츠의 특성이 충분히 드러나지 못할 것이다.

하지만 서울의 다른 시간을 구현할 준비는 지금 하고 있다. 지금 미래의 서울에 대해 작업하는 팀이 2050년 서울의 모습에 대해 여러 방향의 시나리오를 구상하고 있다. 앞으로 2년 이내에 출시 예정이니 많은 관심 바란다.

*

[고정숙]

네. 안녕하세요. 고정숙입니다. 서비스 잘 이용했습니다. 그런데 그 옥인동 사거리 옆에 두 번째 집에 80년대에는 감나무가 있었거든요. 제가 거기서 감을 따먹고 했었는데 그게 좀 빠져 있네요… 추가해주시면 좋겠어요. 네 이상입니다

[푸른 돌(靑石)]

워킹서울에 바라는 바

-글: 푸른 돌-

요즘들어서 우리는 신문이고 뉴스고 여러 매개체를 통해서 시간여행이니 과거니 80년대니 하는 단어를 쉽게 접해본다. 신기술, 4차산업혁명, 가상현실이 경제의 관권이고 기업

워킹서울은 연평균 350억 6천815만원을 벌어들이고 있다. 어떤 혹자는 이제 세상사람들이 과거를 더 잘 알게 되었다고 말한다. 그리고 요즘 젊은청년들은 우리 중장년층의 60~80년대 삶을 잘 안다고 생각하지만 아니다.

이 시절 우리는 선진 대국으로 들어서기 위해 개인과 단체들이 수 많은 노력을 했다. 그래서 이 시절에는 모든 국민이 근검 절약, 정신 무장이 되어 있었다. 우리는 6.25사변(1950.6.25) 이후 반 세기가 흐르는 가운데 민주주의를 위한 시행착오를 겪었고 박정희군부의 쿠데타 전두환정권 독재를 통해 수 많은 젊은 청년들의 민주화 운동 (5.18과 6.29선언 등)이 있었다. 수 많은 노동자들의 노동운동(전태일 열사등)이 있었고 지금의 수출 백만불 돌파 선진 국가로 진입할 수 있었다.

하지만 요즘 젊은청년들이 우리 국민들의 노고를 잊은 채 관광코스로만 과거를 활용하고 있는 모습은 보기가 좋지 않다. 지금이시간에도 우렁차게 구호를 외쳤던 거리가 사진촬영 관광코스로만 생각되는 것을 안타까워하는 사람들이 지금 이시간에도 얼마나 많을 것인가? 가상현실이 대세를 이루어가는 이 시대에 좌우를 떠나 역사의 구현은 최대한 이루어져야 한다고 생각하는 바이다. 그리고 역사 교육이 잘 이루어지지 않을 수 있으니 중간중간에 라디오 방송을 틀어서 중요한 상황을 설명하는 것이 합리적이라고 생각한다.

[youngjunking88]

여기 개발자 채용은 안하나요? 지원 자격 조건이 어떻게 되나요?

[민달팽이]

전 서울에서 25년째 살고 있는 서울 토박이입니다. 제가 서울에서만 7번 이사를 다녔거든요. 그래서 이 가상현실 여행에서 제가 예전에 살던 곳들만 모아서 한번 쭉 돌아봤는데, 정말 다르더라고요. 지금 제가 사는 집이 있는 곳은 예전에만 해도 그냥 다 푸른색이던데요. 중간중간 밭들도 있고 그냥 거의 자연이에요. 지금은 사람들이 바글바글한 곳이지만요. 요즘 집에 돌아가는 길에 가끔씩 시간여행자의 서울에서 봤던 풍경들을 생각해요. 그 때 그것들은 어디로 갔을까 하고요. 앞으로 이것들은 또 어떻게 변할까, 하는 생각도 하고. 하여튼 80년대 말고 다른 버전들도 기대해봅니다. 관계자 분들 고생 많으십니다.

- 안녕하세요. 고정숙 고객님. 말씀해주신 부분 다음 서비

스 업그레이드에 적극적으로 참고해보도록 하겠습니다.

- 안녕하세요. 푸른 돌(靑石) 고객님. 저희 서비스에서 만족스럽지 않은 부분이 있었다니 죄송하다고 말씀 드리고 싶네요. 저희도 역사적 사건과 이야기를 프로그램에 반영하기 위해 여러 연구를 진행하고 있습니다. 서비스 개선을 위한 소중한 의견 감사드리며 워킹서울의 변화하는 모습 오래 지켜봐 주시기 바랍니다.

-안녕하세요. youngjunking88 고객님. 워킹서울의 채용 공고는 홈페이지 하단 메뉴에 있는 채용 게시판에 상시로 업데이트 되고 있습니다. 자격 조건을 비롯한 세부 정보가 공지되어 있으니 참고 부탁드립니다.

-안녕하세요. 민달팽이 고객님. 저희 서비스에 크게 만족하셨다니 기쁩니다. 2년 내로 다른 버전들이 출시될 예정이니 많은 기대 바랍니다.

카사블랑카

||||||||||||||||||||||||||||||

이해일

이해일

서울대학교에서 국어국문학, 정보문화학을 전공했습니다. 시, 소설, 그리고 희곡을 쓰고 판타지에 관심이 많습니다. 타인을 완전히 이해하지는 못하더라도 이해하려는 노력은 멈추지 말아야 한다는 생각으로 천천히, 계속 쓰고 있습니다. 그 노력과 함께 하는 모든 이야기에 잘 어울리는 형태를 찾기 위해 고민합니다.

카사블랑카

나는 서울 한복판에서 길을 잃은 적이 있다.

중학교 2학년 기말고사 기간이었다. 대치동의 유명한 국어 학원에서 집으로 돌아가는 버스를 탔다. 학원 앞에서는 으레 애들이 많이 타기 마련이라 버스는 그 순간만큼은 서로의 존재 자체를 지독히도 싫어하고 있는 인간들로 가득 차 있었다. 나는 속으로 조용히 단어를 외웠다. '싫다'라는 뜻을 가진 영단어를 기억나는 대로 머리에 썼다. 이산화탄소가 머리에 뻑뻑하게 가득 차고 싫은 영단어는 더이상 생각나지 않고 집, 아니 더 원초적으로 말하자면 잠밖에 떠오르지 않을 즈음 지하철역에 버스가 섰다. 가방을 멘 아이들이 우르르 내렸다. 마침 서 있던 곳 앞에 자리가 나 앉을 수 있었다. 나는 창밖으로 그 애들이 같은 교복끼리 무리를 지어 지하철역으로 들어가거나 마무리 직전의 가판대에 멈춰 서서 호떡을 사 먹는 모습을 보았다. 집까지는 꽤 남아 있었다. 나는 가방을 끌어안고 창문에 머리를 기댔다. 깜박깜박 졸았다. 조금 졸고 나면 두 정류장, 또 졸고 나면 한 정류장, 버스는 까무룩 사라지는 내 시야에는 아랑곳하지 않고 열심히 갈 길을 갔다. 그러다 나는 완전히 정신을 놓았다.

눈을 뜨니 전혀 모르는 정류장 이름이 들렸다. 나는 화들짝 놀라 벨부터 눌렀고, 다음 정류장에서 뛰어내렸다. 눈앞에는 표지로 삼을 만한 것이 아무것도 없었다. 높은 공사장 벽만이 나를 내려다보고 있었다. 어딜 둘러봐도 비슷한 풍경이었다. 재건축 중인 아파트단지인 모양이었다. 바보야, 지하철역 같은 데에 내렸어야지. 나는 점퍼 주머니에서 핸드폰을 꺼냈다. 그리고 마치 온 세상이 나를 당황시키려고 작정한 것처럼, 핸드폰은 배터리가 다 닳아 꺼져 있었다. 나는 떨리는 마음을 진정시키며 주변을 둘러보았다. 눈이 닿치는 대로 집어삼킨 풍경 속에 건너편 버스 정류장 표지판이 보였다. 모르는 버스 한 대가 그곳을 들렀다가 지나갔다. 나는 신호를 기다려 한달음에 건너편으로 갔다.

집으로 가는 버스는 그 정류장을 지나가지 않았다.

나는 울고 싶은 심정이 되었다. 집에 연락도 안 되는데. 나는 정류장 의자 앞에 서서 희게 입김을 뿜었다. 기모 스타킹을 신었는데도 다리가 꽤 추웠다. 나는 다음에 오는 버스를 아무거나 잡아탄 다음, 가장 가까운 지하철역에 내렸다. 지하철역 출구의 네모난 기둥을 보았을 때 느낀 안도감이란 이루 말할 수 없는 것이었다.

부모님과 함께 살던 집은 서울 외곽에 있었다. 막차를 겨우 탔고 그날은 자정이 넘어서야 집에 돌아갈 수 있었다. 왜 이렇게 늦었냐고 혼이 났다. 나이가 몇 살인데 길을 잃느냐는 것과 그 근처 사람을 아무나 잡고 집에 연락할 수도 있지 않았냐는 것이 주된 내용이었다. 꾸지람은 생각보다 일찍 끝났다. 다음 날이 기말고사라는 것이 이유였다.

*

내가 인천공항에서 비행기 시간을 기다리는 중이라고 말했을 때, 명우는 대뜸 내게 전화를 걸었다.

왜.

왜? 내가 묻고 싶은 말이다. 왜 네가 지금 인천공항에 있어?

비행기 기다린다니까.

뭔 비행기.

내가 탈 거.

비행기를 왜 타.

모로코 갈 건데.

야 이… 그건 또 어디야.

아프리카. 북쪽에.

야!

귀 아파. 소리는 왜 질러.

내가 소리 안 지르게 생겼냐? 내일 면접이라며.

으응.

뭐… 뭐 안 가? 안 가는 거야?

안 가.

명우는 잠시 말이 없었다. 나는 내가 잡아둔 의자에 등을 기대고 출발 준비 중인 비행기를 바라보았다. 아까서부터 탑승구 근처 카페에서 커피 냄새가 진하게 나고 있었다. 타기 전에 한 잔 마실까 생각하는 동안 명우의 목소리가 다시 들려왔다.

혼자 가?

가서 누구 만날 거야.

누구?

나는 뭐라고 대답해야 할지 알 수 없어 머리를 좀 굴렸다.

그러나 명우가 더 빨랐다.

여자?

응.

뭐… 뭐 어떻게 아는 여잔데.

어플에서 만났어.

어어?

나는 자리에서 일어났다. 아무래도 커피를 마시는 게 좋을 것 같았다.

왜. 너도 비슷한 거 쓰잖아. 연락하는데, 지금 세계여행 중이라고 그러더라구. 내일 모로코를 간다길래.

야.

왜.

뭐 상담을 받든지, 나한테 술을 먹자고 하든지 그냥 좀, 그렇게 해. 안 하던 짓 하지 말고. 네가 언제부터 이렇게 즉흥적이었어? 저번 면접 못 간 거 때문에 그래? 나 가던 병원 알려줬잖아. 계속 가라고 했지. 내 말 듣고 있어?

아이스 아메리카노 한 잔 주세요.

야!

테이크아웃이요.

주문을 마치는 동안 명우는 이어폰 너머에서 욕으로 추정되는 뭔가를 중얼거렸다. 나는 진동벨을 받아들고 커피를 기다렸다. 명우의 잔뜩 눌러 참은 목소리가 들렸다.

언제 오는데.

열흘 있다가.

열흘?

그러고 나면 면접 하나 더 있거든.

명우는 길게 한숨을 내쉬었다.

그냥 보기가 싫었어. 이해해 주라.

이해해. 이해하지. 그래. 근데 그럼 그냥 안 보면 되지 아프리카는 왜… 아 그래. 여자 만나러. 아니 애인도 아닌데 여자 만나러 아프리카를 가? 진짜 미친 거 아냐? 나도 그런 짓은 안 해.

뭐, 그것도 있고. 한국 밖으로 안 나가면 결국 면접 보러 갈 것 같아서. 지도 밖으로 행군하라 하는 거야.

너 그 책 안 읽었지.

어떻게 알았대.

나는 명우의 한숨을 들으며 아메리카노를 픽업했다.

알았어. 그래 알았고. 대신 연락 꼬박꼬박 해.

뭐래. 네가 우리 아빠냐?

어디 가서 확 죽어버릴까봐 그런다.

그렇게 말하면 나는 할 말이 없는데. 나는 잠시 생각하다가 그냥 알겠다고 대답했다. 명우는 아빠도 안 할 잔소리를 늘어놓은 뒤 전화를 끊었다. 꼭 몇 년 전 상황을 뒤집어 놓은 것 같긴 했다. 그때는 명우가 하루에도 몇 번씩 감정이 오르락내리락했고 나는 하루에도 몇 번씩 명우의 생사를 확인하는 기분으로 연락을 했다. 그냥 네 할 일 해. 네가 우리 엄마냐? 어디 가서 확 죽어버릴까봐 그런다. 내가 그랬으니까 명우도 비슷하겠지. 하지만 나는, 갑자기 모로코행 티켓을 사고 하룻밤 만에 짐을 싸고 내일 면접을 가지 않을 예정이라는 일련의 충동적 행위를 저지르고도 이상하게 잠잠했다. 마치 스스로를 인천공항에 앉혀 놓는 데 모든 충동과 불안정을 다 써 버려서 내 안에는 잔잔한 것들만 남아 있는 것 같은 기분이었다. 며칠 전까지는 면접 생각만 하고 있었고, 면접 생각만 하면 그게 죽도록 싫었으니까 그냥 하루종일이 죽도록 싫었다. 나는 후, 숨을 들이켰다. 지금은 그렇지 않았다. 나는 의자 옆의 콘센트에 핸드폰 충전기를 꽂고 윤주아에게 메시지를 보냈다.

나 삼십 분 뒤에 비행기 타.

주아가 웃는 이모티콘을 보내 왔다.

어서 와.

*

주아를 실제로 본 첫인상은, 사진과 놀라울 만큼 닮았다는 거였다. 보통 사람들은 사진보다 못 나오거나 잘 나오거나인데 주아는 그대로였다. 주아가 보내준 사진은 강인지 바다인지 모를 너른 물을 가르는 큰 다리 앞에서 활짝 웃고 있는 모습이었다. 머리카락이 햇빛을 받아 갈색으로 반짝였고 이마에는 잔머리가 밉지 않게 헝클어져 있었다. 이목구비는 시원시원했고 눈매는 부드럽게 처져 있었다.

주아는 바로 그 표정으로 나를 향해 웃어 보였다.

온라인으로 연락하던 사람을 실제로 만나는 게 처음이라, 나는 맨 마지막으로 온 메시지만 뚫어져라 바라보며 공항을 나오고 있었다. 공항에서는 와이파이도 잘 터지지 않았고 나는 유심 칩도 아직 사지 못한 상태였다. 그러나 그 모든 걱정이 무색하게, 나는 공항 출구 택시정류장에서 주아를 한눈에 알아볼 수 있었다. 갈색의 곱슬머리를 가진, 환하게 웃고 있는 한국 여자. 나는 어색하게 손을 흔들어 보였다.

주아는 택시기사에게 손가락을 펴 보여 가며 흥정을 했고, 흥정 도중에 고개를 저으며 내 팔꿈치를 잡고 다른 데로 가려고 했다. 나는 온몸의 피가 다 그 팔꿈치로 쏠리는 기분이었다. 택시기사가 웨잇 웨잇, 하며 주아를 말렸다. 원 헌드레드, 오케이? 주아는 어깻짓을 하며 말했다. 오케이.

나는 택시기사가 내 캐리어를 택시 지붕에 올리고 줄로 묶는 모습을 불안하게 지켜보았다. 주아는 안 떨어진다며 나를 안심시키고는 택시 뒷자리에 올라탔다.

사진이랑 똑같이 생겼어.

내가 한 말이 아니라 주아가 내게 건넨 말이었다. 주아는 택시 문에 비스듬하게 기대어 턱을 살짝 괸 채 나를 바라보고 있었다. 하필 그쪽으로 햇빛이 들어와 주아의 머리카락이 반짝였다. 굉장히 느끼한 자세라고 생각했는데 예쁜 여자가 하니까 그건 또 아니네, 아니 이게 아니고, 나는 한 박자 늦게 대답했다.

내가?

응. 완전 한눈에 알아봤어.

나는 픽 웃었다. 차마 나도 그랬다는 말은 입 밖으로 나오지 않았다.

여기 한국인 없어서 눈에 띄지 않아?

뭐, 그것도 있는데. 한국이었어도 딱 알아봤을걸.

그런가.

물론 나 역시 한국이었어도 주아는 알아볼 수 있었으리라 생각했다. 하지만 나는 딱히 튀는 인상도 아니었고, 사진도 고심해서 잘 나온 걸 보낸 건데. 나는 차창 밖을 바라보았다. 공항은 카사블랑카 도심에서 그리 멀지 않았다. 조금 달리니 바로 시내가 보였다. 흰색과 밝은 회색의 건물들이 대부분이었다. 우리가 묵을 호텔도 흰색이었다.

주아는 내가 모로코로 간다는 말에 그럼 같이 다니자고 하더니, 자신이 예약한 모든 객실을 두 명이 쓸 수 있는 형태로 바꿔 주었다. 돈은 어디로 보내야 하냐는 나의 물음에 주아는 와서 달라며 웃었다. 어차피 나 전부 예약금만 내서. 잔금은 가서 내는 거라 괜찮아. 그리고 날 뭘 믿고 돈을 보내준대?

그러는 본인은 날 뭘 믿고 숙소를 바꿔놓았을까. 비행기 티켓을 저지른 건 나였는데, 그 즉흥적인 선택의 나머지를 주아가 책임져 준 셈이었다. 나는 호텔 트윈룸 내 침대 옆에 캐리어를 두고 방을 둘러보았다. 깔끔한 객실이었다. 침대 두 개, 빨간색 이불, 흰 베개, 별다른 장식 없는 가구들이 놓여 있는 방. 주아가 화장실에서 손을 씻고 나왔다.

어디 갈래?

어, 어어. 글쎄.

주아는 핸드폰을 집어 들고 물어 왔다.

저녁 먹을까?

그래.

그럼 어디로 갈지 찾아볼게.

주아는 자기 침대에 앉아 검색을 시작했다. 나는 얼른 캐리어를 열었다. 내 옷차림은 열세 시간짜리 비행을 위해 선택된 과하게 편한 옷이었다. 긴 치마와 셔츠를 꺼내 들고 곁눈질로 주아를 보았다. 손가락이 바쁘게 화면을 내리고 있었다. 집중했는지 자기도 모르게 입이 약간 벌어진 채였다. 음. 나는 옷을 갈아입으러 화장실로 들어갈지 말지 고민했다. 여자끼린데 뭐 어때, 와 그건 친구일 때 얘기고 어플에서 만난 사이에 말이 되냐, 사이에서 갈팡질팡하다 결국 화장실을 택했다. 들어와 문을 닫고 보니 셔츠가 손 압력에 살짝 구겨져 있었다. 나는 고개를 저으며 벽에 옷을 걸고, 일부러 물을 세게 틀고 손을 씻었다.

*

주아는 길도 잘 찾고 주문도 잘 했다. 내가 뭘 어떻게 할 필요도 없이 모든 게 처리됐다. 주아는 길은 택시가 찾았지, 라며 웃어 보였지만 일단 택시 기사에게 어디로 가 달라고 설명하는 일부터가 내겐 숨 한 번은 들이켜고 행해야 할 일이었다. 주아는 자기가 유심 칩을 샀다는 가게에 나를 데려가 똑같은 것으로 하나 달라고 했고, 음식점에서는 아랍어와 불어뿐인 메뉴판에서 우리가 먹고 싶은 것을 귀신같이 찾아냈다. 그 모든 게 내게는 신기했다.

불어 쓰는 나라가, 생각보다 꽤 있더라. 근데 나도 할 줄 아는 거 아냐. 그냥 음, 메뉴판 읽는 거. 음식 재료만 열심히 외웠지.

주아는 음식 재료'만'에서 콧등을 찡그리며 장난스러운 표정을 지어 보였다. 하지만 덕분에 치킨 타진 시켰잖아. 내가 말했다. 그러게, 주아가 대답하며 물을 따라 주었다.

주아가 화장실에 간 사이, 나는 명우에게 살아 있다는 연락을 보냈다. 딱 두 글자로. 예뻐, 하고. 잠시 뒤 답장이 왔다. 그래 맘대로 해라.

뭐 봐?

나는 고개를 들었다. 주아가 막 앉으려는 참이었다.

아, 친구랑 연락.

나는 저녁을 먹는 동안 주아의 이야기를 들었다. 주아는 학교를 쉬고 세계여행을 하는 중이라고 했다. 주아가 말하는 장소들은 내가 가본 적 없는 나라의 수준을 넘어 내가 이름도 처음 듣는 도시들일 정도로 다양했다. 주아는 여행지도 음식도 가리지 않는다고 했다. 그래서 말인데, 나 웬만하면 네 여행 스타일에 맞출 수 있어. 뭐 루트야 내가 임의로 짠 거니까 바꿔도 되고. 어떤 여행 좋아해?

나는 잠시 할 말을 잃었다. 여행 이야기를 하는 주아는 꽤나 신이 나 보였다. 페루 시장에서 샀다는 구슬 팔찌를 흔들어 보일 때나 그랜드 캐니언의 사진을 보여 줄 때마다 짙은

갈색 눈동자가 반짝거렸다. 그에 비해 나는, 기억에 남는 여행이 딱히 없었다. 애초에 여행 자체를 많이 가지 않고, 즐기지 않는 사람이었다.

글쎄, 내가 좀 즉흥적으로 나온 거라.

내가 말하고도 너무 재미없는 답변으로 느껴졌다. 조금 한심해 보일 정도로. 하지만 주아는 전혀 개의치 않는 것 같았다.

그래? 그럼 쉬고 싶어, 바쁘게 뭐 하고 싶어?

나는 눈을 깜박였다. 여행을 많이 다닌 사람은 같이 다닐 사람이 원하는 걸 파악하는 데 적절한 질문도 잘 아는 걸까. 나는 옅게 웃으며 대답했다.

쉬는 거.

*

뭔가 문제가 있다고 느낀 건 저번 면접 때였다. 정확히 하자면 '면접 때'는 아니었다. 결국 보지 못했으니까. 회사가 위치한 곳은 낯선 곳이었다. 지도 어플이 알려주는 시간보다 삼십 분 일찍 잡고 길을 나섰다. 버스를 탄 게 문제라면 문제일지도 몰랐다. 나는 지하철을 탈 수 있다면 무조건 지하철을 탔다. 지하철이든 버스든 나름의 시간을 지켜 정해진 노선만 도는 것은 똑같았지만, 나는 지하철의 무심함이 좋았다. 지하철 노선 안에서는 내 위치가 어디든 간에 출발지와 도착지를 한 그림 위에 놓고 볼 수 있었다. 비록 지하철 노선도 위의 역들은 실제 도착지와는 좀 떨어져 있다고 해도, 나는 복잡한 서울의 잔가지를 쳐내고 만들어낸 그 그림이 꽤 마음에 들었다. 버스를 타고 내릴 때와는 달리 내 존재를 지하철에 알려주지 않아도 그저 그대로 멈추고 가기를 반복하는 것도 좋았다. 지상의 도로 위에 있으면 사람들이 무엇을 하고 사는지가 훤히 드러났다. 땅 위는 너무 적나라했다.

그런데 그 회사는 지하철역에서 너무 멀리 떨어진 곳에 있었다. 별수 있나. 나는 면접 날 삼십 분 넘게 걷고 싶지는 않았다. 어플이 시키는 대로 역에서 내려 버스를 탔다. 버스는 대로에서 빠져나와 이내 이차선 도로를 달리기 시작했다. 그리고 내려야 하는 곳의 두 정류장 전쯤 되는 위치에서 나는 공황발작을 경험했다.

공황발작이라는 걸 아는 것은 사태에 큰 도움이 되지 못했다. 명우를 붙잡고 진정시킨 게 못해도 서너 번은 되는데, 그게 내 일이 되자 아무런 생각도 안 났다. 숨이 잘 쉬어지지 않아서 앉은 자리의 팔걸이를 붙들고 몸을 웅크렸다. 차창에 몸을 딱 붙이고 숨을 고르려고 애썼다. 내려야 하는 정류장의 이름이, 집을 나올 때부터 입속으로 계속 외웠던 이름이 먼 길로 지나갔다. 한참을 더 가서야 나는 조금 진정할 수 있었다. 꾸역꾸역 내리고 보니 정말 모르는 동네였다. 지도를 켰지만, 아무것도 눈에 들어오지 않았다. 뭘 입력해야 하는지도 생각나지 않았다. 나는 명우에게 전화를 걸었다.

명우는 생각보다 빨리 왔다. 나는 대뜸 내가 어디냐고 물었는데도. 주변에 뭐가 보이냐는 질문에 파란 트럭이 보인다는, 길치의 전형적인 답변을 주워섬겼는데. 그런데도 명우는 끈질기게 내게 질문을 퍼붓고는 진짜 나를 찾아왔다. 그리고 나는 멀리 뛰어오는 명우를 보자마자 스스로에 대한 분노가 치밀었다.

나는 정말 나쁘고 이기적이구나. 나는 왜 하필 명우에게 전화했는지 생각했다. 아니, 그 생각이 나를 찾아왔다. 이 목요일 대낮에 할 일 없고 전화를 바로 받을 것 같은 사람이, 같이 취업 준비를 하고 있는 김명우니까. 내 친한 친구니까. 오늘 아침에 면접 간다고 연락했으니까. 그런 것들로 덮인 살갗을 벗겨내면 분명 다른 속내가 있었다. 김명우는 우울증을 앓았던 적이 있으니까 이 상황이 어떤지 빠르게 파악하겠지. 내가 그때 김명우를 챙겼으니 지금 나를 모른 척하지 않겠지. 나는 덮어 둘 수 있는 스스로의 가장 더러운 면까지 째고 비트는 버릇이 있었다. 미안해. 나는 나에게 도착한 명우에게 그렇게 말했다. 지금은 어때, 명우가 말을 꺼내다가 내 첫

마디에 멈췄다.

뭐가 미안하냐. 어차피 할 일도 없었어. 그리고 네가 나한테 한 걸 생각해라. 이 정도로 뭘.

그것 봐. 너무 정확하니까 미안하다는 거야. 나는 속으로 말을 삼켰다.

명우는 나를 집에 데려다주었다. 중간에 디저트 가게가 있는 곳에 내려 환승할인 시간이 끝나기 전에 내게 케이크도 사다 안겼다. 아주 효율적이라고 생각했다. 나는 집에 앉아 아무 생각 없이 케이크를 퍼먹고 양치를 하고 잠을 잤다. 그게 끝이라고 생각했다. 자리에 누워 스스로에게 아무렇지 않은 척을 했다. 취업 스트레스가 너무 커서 그렇겠지.

어차피 또 스스로에게 적나라하게 들킬 거면서, 그런 척은 왜 했나 몰라. 그다음 날, 이다음 면접이라도 제대로 준비해보자고 편 노트북 앞에서 나는 또 정신이 멍해졌다. 내 자기소개서조차 눈에 들어오지 않으면 대체 어쩌자는 말이야. 나는 메신저를 하염없이 쳐다만 보았다. 명우에게 바로 다음 날 또 연락하고 싶지는 않았다. 하나하나 제하고 나니 말할 사람이 없었다. 나는 종일 차곡차곡 외로워졌다.

어디에라도 말은 해야겠다 싶어서 깐 게 그 익명 어플이었다. 예전에도 깔았다 지웠다를 반복하며 구경만 하던 것이었다. 힘들다, 심심하다, 나랑 연락할 사람, 같은 글들을 보고 있자니 이상하게 차분해졌다. 사람 사는 거 다 똑같지. 다 똑같은 글들 속에서 나는 주아를 발견했다. 세계일주 중이야. 질문 받는다!

나는 어느 나라에 있냐고 물었다. 주아는 지금 이집트라고 했다. 가벼운 질문에서 시작된 대화는 끝없이 이어졌다. 주아는 내가 무슨 말을 하든, 뭘 물어보든 자연스럽게 대화를 이어 나갈 방법을 알고 있는 것 같았다. 그럴 생각까지는 없었는데 이름을 밝히고, 또 그럴 생각까지는 없었는데 메신저 아이디를 주고받았다.

*

그리고 정말 이럴 생각은 없었는데 나는 모로코에 와 있었다.

나는 주아가 씻는 동안 침대에 누워 모로코 여행책을 뒤적였다. 한국에서 공항으로 오는 길에 서점에 들러 사 온 것이었다. 서점에는 여행책이 딱 그거 하나였다. 최초 타이틀을 달고 있는 여행책이었는데, 출판사가 틈새시장에 누구보다 빠르게 발을 밀어 넣기 위해 서둘러 편집 작업을 한 티가났다. 그리고 진짜 왜인지는 모르겠지만 탕헤르라는 도시에 게이들이 많이 살았다고 적혀 있었다. 와 그것 참, 대단히 유익한 정보로군. 나는 내가 가장 친애하는 게이에게 이 소식을 알렸다. 카사블랑카 부분을 펴놓고 살펴보는 중에 명우에게서 답장이 왔다. 어 그거 사실이야. 탕헤르랑 마라케시. 유명한 게이 도시임. 나는 타자를 두드려 답장을 보냈다. 좋네. 나 말고 네가 가야 하는 거 아냐?

나도 껴주냐?

오든가.

나 돈 없어. 비행기표 사주면 갈게.

꺼져.

명우가 채팅으로 폭소를 터트렸다. 게이들이 많이 살았다니, 거기까진 괜찮은데 게이 도시는 좀 아니잖아. 무슨 게이가 특산물인 것처럼 얘기하고 있어. 나는 한숨을 내쉬었다. 아무도 어딜 가야 레즈비언이 많이 사는지는 가르쳐주지 않았다. 나는 게이 도시가 유명한 것과 레즈비언 도시는 하나도 모르겠는 것 중 어느 쪽이 더 좋은 일인지, 혹은 어느 쪽이 더 나쁜 일인지, 분간이 가지 않았다.

그런 생각을 하는 도중 주아가 나왔다. 편한 티셔츠와 반바지 차림에, 머리를 수건으로 싸매 터번처럼 두르고 있었다. 주아의 귀밑머리가 수건 틈으로 비어져 나와 물이 몇 방울씩 떨어졌다. 나는 목을 긁적이며 말했다.

화장 지운 거 예뻐.

주아는 민망해하는 티를 내는 대신 나를 빤히 쳐다보았다.

아무한테나 예쁘다고 하는 사람은 아닌 줄 알았는데 말이지.

아무한테나 아닌데.

클리셰 작업 멘트 안 받습니다.

주아가 가볍게 웃었다. 나는 몸을 굴려 일으켰다. 책이 팔락 덮였다. 작업 멘트라니.

그럼 참신한 거 있으면 좀 추천해줘 봐.

글쎄, 나도 잘 모르는데… 그런 쪽은 또 이탈리아 남자애들이 전문이긴 하더라. 이집트에 있을 때 몇 명 만났는데 진짜 웃겼어 걔들.

주아는 내 쪽으로 다가와 몸을 기울였다. 샴푸향이 훅 끼쳤다. 열대과일의 냄새. 나는 주아의 팔이 다가오는 것을 보면서 나도 모르게 침대 시트를 움켜쥐었다. 주아의 뻗은 손은 내 얼굴 바로 앞을 지나, 그놈의 모로코 여행책을 집어 들었다.

이건 언제 샀어?

나는 긴장한 것이 민망해서 괜히 코를 문질렀다. 주아의 샴푸향이 가시질 않았다.

출국하기 전에 시간이 좀 있어서.

여행책 보는 타입은 아닌 줄 알았는데.

그럼 내가 어떤 타입 같은데?

주아는 어깨를 가볍게 으쓱하더니 책을 내려놓고 방 한편에 놓인 화장대 앞으로 갔다. 거기서 주아는 수건을 풀더니 머리를 꾹꾹 눌러 물기를 뺐다. 나는 책을 만지작거리면서 물었다.

남자도 만나?

예전엔 만났지.

지금은 안 만나고?

엇비슷한 애들이 너무 많아서.

주아는 빙그레 웃어 보이더니 화장대 서랍에서 드라이기를 꺼내 머리를 말리기 시작했다. 나는 바람 소리를 배경으로 핸드폰을 꺼내 들었다. 경험이 많은 사람 같음. 연애나 여행이나.

명우가 답장했다. 너 할 말이 여자 얘기밖에 없냐?

본인이 나한테 남자 얘기 한 건 생각이 안 나는 모양이지?

나 그렇게 자주 안 했거든.

했거든 자주.

아닌데.

나는 고개를 저으며 아까 저녁으로 먹은 타진 사진을 보냈다. 맛있겠다고 감탄하는 명우의 어투가 내심 안도하는 것 같았다. 잘 자고 아무 생각하지 말라는 인사도 빼놓지 않았다. 나는 핸드폰을 충전기에 연결해 놓고 이불 속으로 들어 갔다. 적당히 푹신한 침구 안에서 몸이 녹아내리는 기분이 었다. 주아도 머리를 다 말렸는지 잘 준비를 하는 것 같았다. 나는 옆으로 누워 눈만 깜박였다. 주아가 불을 껐다. 창문으로 희미한 불빛이 새어들어 아주 안 보이진 않았다. 주아는 침대 안으로 들어가 잠시 핸드폰을 만지작거렸다. 그러다가 눈을 들어 나를 보았다.

있잖아.

응.

내일 몇 시에 일어날 거야?

어… 글쎄.

별 계획 없지?

나한테 그런 게 있을 것처럼 보여?

여행책 사 왔길래 한번 물어봤어.

없어. 너는?

나도 딱히. 그냥 그거, 모스크바 보러 갈 건데. 그럼 눈 떠 질 때 일어나자. 조식 먹을 수 있으면 먹고.

좋네, 그거.

나는 베개에 얼굴을 파묻었다. 베개가 알맞게 푹신했다. 서 울에서도 요사이는 눈 떠질 때 일어나고 있었다. 문제는 그 러고 나면 굉장한 죄책감에 사로잡혀 하루를 찜찜하게 시작하게 된다는 것이었다. 설마 여기서까지 그러진 않겠지. 시차적응이 힘들까 봐 내리기 전 비행기에서 무리하게 깨어 있었던 탓인지 잠이 슬슬 왔다. 눈이 거의 감기던 찰나 주아가 다시 나를 불렀다.

있잖아.

나는 한 박자 늦게 대답했다. 응.

모레는 마라케시로 갈 거고 마라케시 다음에는 페즈거든.

응.

페즈는 더블베드인데.

갑자기 잠이 달아났다. 어? 나는 되물었다. 주아는 작게 웃더니 핸드폰을 내려놓았다.

잘 자.

잘 자겠냐, 나는 이불을 덮고 돌아누운 주아의 등을 노려보았다. 아무래도 나는 곧 주아에게 휘말릴 것 같았다. 혹은 이미 휘말렸거나. 침대 헤드에 머리를 박고 싶은 충동을 잠재우며 천장을 보고 누웠다. 한숨이 나오다가 중간에 픽 터지는 웃음으로 바뀌었다.

*

주아가 나를 흔들어 깨웠다. 아침 먹을 거야? 비몽사몽간에 일어나 앉자 창문으로 해가 들어와 있었다. 조식 시간이라, 하며 내 침대에 주아가 걸터앉았다. 일어난 지 꽤 된 듯, 표정이 맑았고 청바지 차림이었다. 나는 얼굴이 부은 것 같아 이곳저곳을 눌러 보았다. 잠 속에 한쪽 발을 담근 상태로 고개를 끄덕였다. 주아는 그럼 가자, 하며 일어났다. 나는 숨을 가볍게 들이쉬며, 몸을 일으켰다.

아침은 갖가지 빵과 잼, 꿀, 치즈 그리고 과일이 나왔다. 빵은 갓 구웠는지 따뜻하고 적당히 쫄깃했다. 담백해서 그냥 먹어도 맛있었다. 그리고 아침에 짜냈다는 오렌지 주스는 쾌청한 햇빛 같았다. 우리는 아침을 먹고 다시 방으로 돌아왔다. 내가 잠옷 바람으로 식사를 한 탓이었다. 햇살이 좋긴 했으나 우리가 밥을 먹은 테라스에는 바람이 불어서, 얇은 면 티는 조금 추웠다.

옷을 갈아입고 우리는 핫산 2세 모스크를 가기로 했다. 나는 길에 나와 주아에게 어떻게 가야 하는지 물었다. 택시 타야지 뭐. 아 그래? 택시가 제일 빨라.

아닌 게 아니라 택시는 제일 빠르고 쌌다. 실은 관광객이 이용할 만한 대중교통 수단이 딱히 없는 것 같았다. 나는 어렵게 길을 찾지 않아도 된다는 것에 안심하며 창밖으로 풍경이 지나가는 것을 바라보았다.

핫산 2세 모스크는 나름 카사블랑카에서 가장 유명한 관광지였다. 보다 정확히 말하자면 관광지랄 게 거의 그것뿐이었다. 카사블랑카는 수도는 아니지만 모로코에서 가장 큰 도시였고 그만큼, 관광 이외의 것으로 먹고 사는 도시이기도 했다. 이를테면 무역 같은 걸로. 택시를 타고 가며 본 카사블랑카 도심에는 유럽식 건물과 로터리가 많았다. 그리고 커다랗고 정교한 핫산 2세 모스크가 바다 근처에 우뚝 서서 이 도시를 내려다보고 있었다.

모스크는 아이보리색과 녹색으로 이루어져 있었다. 아름답고 복잡한 아랍 문양들이 온몸에 새겨져 있었고 탑 끝을 보려면 고개를 뒤로 꺾다시피 해야 할 정도로 높았다. 녹색은 쨍하지도 탁하지도 않은, 보기 좋은 녹색이었다. 이슬람교도가 아니면 모스크 내부로 들어갈 수가 없어서 우리는 바깥에서 구경만 했다. 모스크 앞에는 거의 턱이라고 해야 할 정도의 낮은 계단이 있었는데, 사람들이 삼삼오오 앉아 휴식을 취하고 있었다. 사람이 많은데도 관광지의 어수선함이나 더러움은 잘 느껴지지 않았다. 바닥도 누군가 열심히 닦은 것처럼 반질반질 미끄러웠다.

주아는 키는 그리 크지 않았고, 꽤나 즉흥적이었고 머리카락은 성격보다 더 즉흥적이었다. 바닷바람에 주아의 머리가 이리저리 흔들리는 모습을 보는 것은 즐거운 일이었다. 우리는 한참 동안 모스크를 구경하고 서로의 사진을 찍어주었다.

주아는 어떻게 하면 카메라를 보고 자연스럽게 웃을 수 있는지를 잘 아는 사람이었다. 나는 부러 내 핸드폰으로도 주아를 많이 찍어 댔다. 할 수 있는 한 많은 것을 남기고 싶었다.

물론 내 사진은 썩 마음에 드는 것이 없었다. 주아가 시답잖은 농담을 하면 나는 번번이 웃음을 터트렸는데 그 때문인지 얼굴을 다 구기면서 웃는 사진이 많이 찍혔다. 나는 내 무표정 혹은 뒷모습을 더 좋아했다. 그러나 주아는 고집스럽게 내 얼굴 앞으로 카메라를 들이밀었다. 나는 렌즈를 바라보며 수도 없이 눈을 감았다.

*

내 졸업사진은 마음에 든 적이 없었다. 초등학교 때는 교정 중이었던 게 문제였고 중학교 때는 중2병이 1년 늦게 찾아온 상태였고 고등학교 때는 잘 기억이 안 나지만 하여간 졸업사진은 찍은 날이나 결과물이나 하나같이 별로였고, 학교생활을 썩 좋아한 애처럼 보이지는 않았다. 물론 사진만 그랬을 뿐 나는 지극히 평범한 학교생활을 했다. 공부에 치이고 적당히 다투고 몇몇 친한 친구를 만들고 어떤 친구에게는 사랑과 우정 사이에서 나름의 심각한 고민도 했다. 그 생활의 성과는 적당한 인서울 대학교로 요약할 수 있었다. 그리고 대학생활의 성과는, 글쎄, 알 수 없었다. 그래서였는지 대학교 졸업사진은 정말 알 수 없는 표정으로 찍혔다. 웃고는 있었으나 즐겁지는 않은 표정으로. 졸업앨범은 사지 않았다. 명우는 사진이 아주 잘 나온 데다 어디 한 번 졸업앨범이라는 그 쓸데없는 것에 돈을 쓰는 사람이 되어 보겠다고 벼르고 있었는데, 공교롭게도 명우의 전 남자친구가 같은 학기에 졸업사진을 찍는 바람에 그 계획을 포기해야만 했다.

졸업식을 한 다음 날, 나는 명우와 술을 마시며 지난 대학생활에 대한 진지한 논의를 나눴다. 그 오랜 시간 끝에 남은 게 다수의 김명우 전 남자친구와 학사학위라니. 그 다수가 정확히 몇인지는 우리 사이에서도 의견이 분분했다. 김명우는 끝까지 첫 연애는 연애가 아닌 것으로 치부하려 들었다. 나의 평범하고 무난한 대학생활은 그저 남들 다 하는 것으로 점철되어 있었다. 명우는 남들이 다 한다고 그게 특별하지 않은 건 아니라는, 술기운이 틀림없는 말을 지껄였지만 내겐 이렇다 할 큰 굴곡도 명우처럼 복잡한 연애사도 없었다. 미친 듯이 열심히만 산 것도 아니었다.

그러니까 내게 공황발작이 일어난 건 이상한 일이라는 생각이 들었다. 굳이? 내가? 김명우는 내가 충동적으로 비행기 표를 끊기 전까지, 하루에 한 번씩 제발 병원에 가라고 말하는 중이었다. 나도 그 걱정을 모르는 바는 아니었다. 그러나 나는 그게 너무 이상했다.

*

주아는 자랑스럽게 자기 핸드폰에 찍힌 내 사진을 내게 보여주었다. 내 눈에는 그저 그랬지만 주아는 왜, 예쁘잖아, 같은 말을 연발하며 나를 이리저리 데리고 다녔다. 그 중 하나 정도는 너도, 라고 받아치고 싶었는데 그게 마음대로 되지 않았다. 우리는 모스크를 빠져나와 바닷가로 난 길을 걸었다.

모스크 바로 옆의 바다는 들어가 놀기엔 썩 좋아 보이지 않았다. 방파제가 많았고 바다는 탁한 푸른색이었다. 그래도 탁 트인 물은 시원한 맛이 있었다. 가족들이 산책을 나와 있었고 동전을 넣으면 움직이는 자동차로 돈을 버는 상인들과, 옥수수 장사를 하는 사람들이 눈에 띄었다.

바닷가 근처에서 점심을 먹고 주아는 메디나에 가보자고 했다. 나는 조금 의아했다. 모로코의 도시마다 존재하는 메디나는 빽빽한 건물과 시장, 복잡한 골목으로 이루어져 있어 현지인이 아닌 이상 길을 잃기가 쉽다고 했다. GPS가 잡히지 않을 때도 있고, 잡히더라도 좁은 골목이 많아서 여기가 거기 저기가 여기인 경우가 대다수라는 말과 함께. 그래도 어쨌든 좋은 구경이 될 것 같았고 내심 기대하고 있는 것 중 하나였다. 하지만 예의 그 여행책에 따르면 카사블랑카의 메디나는 다른 도시보다 특색이 없다고 했다. 다른 도시들보다 메디나의 크기가 현저하게 작고, 파는 물건들의 종류나 수량도 적기 때문이었다. 말하자면 그리 인기 있는 관광지가 아니었다. 주아는 거기 규모가 작지 않느냐는 내 물음에 어깨를 으쓱했다.

다들 안 가는 데니까 가보는 것도 나쁘지 않을 것 같아서.

어, 근데 나 길치야. 메디나 갈 수 있을까 모르겠네.

주아는 내 얼굴을 몇 초간 쳐다보더니 웃음을 터뜨렸다.

그럼 카사에서 가야겠네. 메디나. 다른 데는 더 복잡하다며.

그게 무슨 소린지 싶었지만 설득력이 없는 건 또 아니었다. 나는 순순히 고개를 끄덕였다. 주아는 메디나까지 가는 길을 금세 찾아냈다. 골목 안으로 들어서자 몇몇 현지인들이 우리를 의아하게 쳐다보았다. 대부분은 그늘진 좁은 돌길이었고, 약간 넓은 길에는 가판대들이 보였다. 확실히 다른 도시의 사진 속 메디나처럼 왁자한 시장까지는 아니었다. 나는 조금 무서워져서 주아를 보았지만, 주아는 씩씩하게 앞으로 걷고 있었다. 씩씩하다니, 사람을 씩씩하다고 생각한 건 너무 오랜만이었다. 주아의 발걸음은 기운찼고 이곳에서 확연히 자신을 주장하는 소리를 냈다. 나는 나도 모르게 주아에게 가까이 붙어 걸었다. 주아의 숨이 들렸다. 얼마 안 있어 주아가 손을 뒤로 뻗었고, 앞뒤로 흔들리던 내 손에 자연스럽게 걸렸다. 주아의 손은 시원했다.

어디 가 우리. 내가 물었다. 주아가 대답했다. 몰라 나도.

우리는 작은 메디나 안을 마치 길을 아는 사람들처럼 쏘다녔다. 고기를 파는 가판대와 남의 집과 채소 가게와 조용한 골목 사이사이를, 모든 길을 다 걸어야만 직성이 풀리는 사람들처럼 걸어 다녔다. 주아의 손은 내 손과 단단히 얽혀 있었다. 손을 빼고 싶어도 그럴 수가 없었다. 나는 조금 겁이 났다. 주아가 좋은 것 같았지만, 주아도 나를 좋아하기를 바란 것은 아니었다. 물론 내가 김명우 말마따나 여자 만나겠다고 아프리카를 온 시점에서 우리의 방향은 이미 정해져 있는 것인지도 몰랐다. 하지만 나는 그냥 도망 나온 거였다. 도망 나온 지점에 우연히 주아가 있었고, 또 우연히 주아가 마음에 들었을 뿐이었다. 아니, 그게 그건가. 손이 잡혀 있으니 생각이 잘 되지 않았다.

주아가 길 한쪽으로 불쑥 꺾어 들어갔다. 아주 좁고 조용한 길이었다. 등을 맞댄 오래된 건물에서는 아무 소리도 나지 않았다. 골목 중간 즈음에 고양이 한 마리만 누워 낮잠을 자고 있었다. 길 안으로 열심히 들어가던 주아가 갑자기 멈춰 뒤로 돌았다. 나도 바로 멈췄지만 코앞에 주아의 얼굴이 있었다. 우리가 여태 유지하던 팔 하나 정도의 거리는 너무 쉽게 무너지는 것이었다. 안 그래도 잘 굴러가지 않던 머리는 일시정지 버튼이라도 눌린 것처럼 멍해졌다. 왜, 라고 말했지만 긴장한 탓인지 목소리가 잔뜩 잠겨 나왔다. 주아는 내 눈을 뚫어져라 바라보더니 내게 짧게 입을 맞췄다.

나는 나도 모르게 아직 손안에 있던 주아의 손가락을 꼭 쥐었다.

주아가 입술을 떼었고 주아와 나 사이에 얕은 숨이 흘렀다. 나는 주아와 맞닿아 있는 시선을 돌릴 수 없었다. 음, 망했다.

막다른 길 같길래.

주아가 말했다. 나는 고개를 끄덕였다. 막다른 길이었다.

메디나를 빠져나오는 것은 생각보다는 쉽게 풀렸다. 우선 그 골목 바깥에서 GPS를 켰지만 듣던 대로 꽤나 혼란스러웠다. 대체 우리가 어느 길 위에 있다는 건지 알 수가 없었다. 그냥 운에 맡기자. 주아의 말에 따라, 우리는 큰길 하나를 골라잡고 무조건 한 방향으로 걸었다. 그러다 보니 아까 모스크를 보러 갈 때 눈에 익었던 카사블랑카의 도시 풍경을 다시 마주할 수 있었다. 많이 돌아다녔다고 생각했는데 그저 메디나 안을 빙 돌고 있었던 모양이었다. 우리는 대로변에서 택시를 잡았다.

택시 안에서 주아는 나는 네가 좋은데, 라고 말했다. 나는 주아를 바라보았다. 주아는 진지한 표정이었다. 여기서 주아가 싫다고 하면 정말 불에 타지도 않을 쓰레기 같은 거짓말일 터였다. 하지만 주아가 좋은 것과 주아가 좋다고 말하는 것은 전혀 다른 문제였다. 적어도 내게는 그랬다. 다른 말이 튀어나갔다. 우리 이제 이틀 봤는데.

주아는 그 말에 전에 없던 샐쭉한 표정으로 나를 노려보았다. 연락은 훨씬 오래 했잖아. 그리고 그게 뭐.

물론 어이없는 말이었다. 그건 나도 마찬가지였으니까. 만난 지 얼마나 됐다고 옆에 앉은 이 여자가 좋다는 생각이 드는 걸까. 어쩌면 출발할 때부터 주아를 좋아했는지도 몰랐다. 주아는 말을 이었다. 나 얼마 안 있으면 한국 갈 거야. 나는 조금 놀라 눈을 크게 떴다. 한국을? 주아는 반응이 웃겼는지 내 손등을 가볍게 찔렀다. 왜? 나 한국 사람인데? 마지막으로 유럽 갔다가 돌아갈 거야. 한 달쯤 있다가.

그렇구나. 나는 주아의 콧등과 눈가를 바라보았다. 오래 돌아다녀서인지 피부가 많이 그을려 있었다. 그만큼 돌아다니는 게 어울리기도 어울려서, 주아가 언젠가 한국에 올 거라고 생각하지 못했다. 기분이 이상했다. 그렇다면 더더욱 주아가 좋다고 말하는 것은 다른 문제가 될 수밖에 없었다.

*

　명우는 커밍아웃을 하고서 쫓겨나다시피 집을 나와야만
했다. 명우는 예상한 결과라고 말했다. 그럼 왜 한 건데, 그
냥 있었으면 됐잖아. 명우는 한참 생각하더니 거짓말 그만하
고 싶어서, 라고 대답했다. 나는 더 묻지 않았다. 명우는 그
즈음 애인과 사이가 썩 좋지 못했다. 둘이 같이 살고 있던 자
취방에 명우의 어머니가 불쑥 찾아오셨기 때문이었다. 명우
는 커밍아웃 후 집과 연락을 끊었고, 아니 집으로부터 연락
끊김을 당했다고 표현하는 게 맞겠지, 그런 뒤에 생활비를
버느라 아르바이트를 두 배 가까이 늘렸다. 그때는 그럭저럭
괜찮은 것 같았지만 명우가 우울증에 걸렸을 때는 상황이 좀
심각했다. 정신과 치료에 상당히 많은 돈이 들었는데 당시에
하던 아르바이트만으로도 명우가 너무 힘들어했기 때문이었
다.

　명우가 가장 오래 일한 학교 앞 작은 맥줏집에는 나 역시
뻔질나게 드나들다 보니 사장님과도 친했다. 한번은 한창 일
할 밤 타임에 전화가 와서 받았더니 사장님이었다. 얘 어떻
게 좀, 데려가야지 않겠냐. 허둥지둥 찾아간 가게 바깥에 명
우가 작은 플라스틱 의자를 놓고 쭈그려 앉아 있었다. 명우

는 고개를 들고 억지로 입꼬리를 들어올렸다. 나는 내 안에서 뭔가가 폭발하는 기분이었다. 안으로 들어가 사장님께 인사를 드렸다. 일하다 말고 갑자기 밖으로 뛰쳐나갔다는 거였다. 몸이 안 좋은가 싶어서 그대로 뒀다는 말에 나는 대신 감사 인사를 전하고 밖으로 나왔다. 바람이 찼다. 명우는 음, 하고 목소리를 가다듬었다. 목이 잠겨 있었다. 내가 입을 열려는 순간 명우가 손을 저으며 선수를 쳤다.

울었어.

그래 보여.

대박 쪽팔려.

감기 걸린다. 가자.

나는 집으로 돌아가는 길에 명우에게 넌지시, 상황이 좋지 않으니 부모님께 알리고 도움을 받는 것이 어떨지 물었다. 명우는 단호하게 고개를 저었다. 안 돼. 우리 엄마는 내가 게이라서 우울증에 걸렸다고 할 사람이야.

명우는 내가 생활비를 빌려줄 테니 아르바이트를 좀 줄이는 게 어떻겠냐는 제안도 단칼에 거절했다. 그러고 싶지 않아. 그러면 나는 더 기분이 안 좋아져. 네 도움이 싫다는 말은 아닌데… 모르겠네. 어쨌든 그래. 하는 수 없이 나는 사흘 걸러 한 번씩 치킨이나 피자, 족발 같은 것을 사 들고 김명우의 자취방을 찾아갔다. 명우는, 이게 너무 먹고 싶은데 지금

같이 먹을 사람이 없다는 내 너스레까지 밀어내지는 않았다.

나는 가족에게 커밍아웃할 생각이 없었다. 커밍아웃의 사례를 접한 것이 김명우뿐이었으니 다소 극단적인 쪽으로 생각이 흐른 것은 맞지만, 그보다 나쁜 사례도 분명 많을 것이었고 나는 우리 부모님의 반응이 대충 예상이 갔다. 내가 커밍아웃한 친구조차도 한 손안에 다 꼽을 수 있었다.

게다가 내가 벽장 안에서 아늑함을 느끼는 건 그렇다 치더라도, 내게 쌓인 다른 문제 역시 산더미였다. 어디로 가야 할지 모르겠다는 것과, 그 와중에 면접 하나는 버렸다는 것 그리고 면접을 더 버릴지도 모른다는 것. 내 상태도 원인도 모른다는 것. 나는 불안했지만 나를 남에게 맡겨버리고 싶지는 않았다. 완전히 무너진 것도 아닌 모양이었다. 애매한 높이의 계단 위에 서서 아래로 뛸 수 있을지 고민하는 꼴이었다.

*

그러니까 롱디는 걱정 안 해도 된다는 말이었어. 나도 서울 살아, 한국에서는. 주아가 말했다. 호텔 앞에 도착해 내리면서 나는 이곳이 한국이 아니라는 사실에 안도했다. 그랬다면 택시 안에서는 그런 이야기를 할 수 없었을 테니까. 주아는 더이상 별다른 말이 없었고 우리는 호텔 근처 식당에서 저녁을 먹었다. 주아는 여전히 자주 웃었지만 어제 저녁 같은 은근한 말과 제스처는 건네지 않았다. 나는 어쩔 수 없다고 생각했다.

우리는 조식을 먹고 짐을 챙겨 나왔다. 다음 도시로 이동하기 위해서는 시외버스 터미널로 가야 했다. 생각해보니 계속 주아를 따라다니기만 했던 것만 같아서, 내가 택시기사에게 손짓발짓을 동원해 우리의 목적지를 이야기했다. 공인 영어성적과 말하기는 전혀 상관관계가 없다는 것을 다시 한 번 느꼈고, 그걸 스펙으로 적어 낸 이력서에 취소선을 긋고 싶어졌다. 다행히 택시기사는 군말 없이 미터기를 켜 주었다. 흥정을 해야 할까 봐 잔뜩 긴장했던 나는 그제야 편하게 택시 좌석에 기댈 수 있었다. 주아는 택시 안에서 버스 어플을 만지작거렸다. 어제 저녁을 먹고 모로코 버스 회사의 공식 어플을 깔았는데, 이상하게 결제 단계에서 다음으로 넘어가지를 않았다. 우리는 현장에서 사는 것밖에 답이 없다는 결론을 내렸다.

창밖으로 지나가는 카사블랑카는 쾌청한 햇살 아래 희게 반짝였다. 6차선 도로와 로터리들. 일렬로 늘어선 덜 자란 가로수들. 창문으로 햇빛을 반사하는 높은 건물들과 은행으로 추정되는 간판들. 그러나 별다른 토지계획 없이 머리 들이미는 자가 임자였던 것처럼 중구난방으로 자라난 건물들도 많앉다. 발전의 흔적들이 도시 이곳저곳에 산발적으로 뿌려져 있었다.

우리는 버스 터미널에 내렸다. 나는 지갑에서 디르함 몇 장을 꺼내 택시기사에게 건넸고 짐을 받았다. 캐리어 손잡이를 잡아 빼는 순간 어디선가 바람이 훅 끼쳐 왔다. 택시가 떠나고, 우리는 돌아서 터미널 안으로 향했다. 주차장에는 긴 버스들이 나란히 서 있었다.

그 순간 땅이 거꾸로 뒤집혔다. 아니 하늘이 뒤집혔나. 숨이 턱 막혔다. 얕은 공기를 들이마셨다 뱉었다 했지만 산소는 들어오지 않는 것 같았다. 땅이 나와 가까워졌다. 이번에는 확실히 땅이었다. 비스듬히 메고 있던 슬링백이 퉁, 소리와 함께 내 몸 아래로 무너졌다. 세상이 닫히는 소리 같았다.

나는 필사적으로 눈을 떴지만 모든 것이 까맣게 점멸했다. 흉곽이 점점 안으로 조여들었다. 내 장기인데 왜 내 마음대로 되지 않는지 알 수 없었다. 누군가 내 어깨를 젖혔다. 흐린 얼굴이 일순 또렷하게 들어왔다. 주아였다. 주아가 열심히 입을 움직여 뭔가 말하고 있었다. 들리지 않는데 자꾸만 무엇인가 말했다.

경은아.

나는 눈을 깜박였다. 땅이 멈춰 있었다. 이마에 땀이 얼룩져 머리카락이 눌어붙은 것 같았다. 주아가 울 것 같은 표정으로 내 어깨를 잡고 같이 쭈그려 앉아 있었다. 주아의 배낭은 바닥으로 팽개쳐진 채였다. 현지인들이 우리에게서 멀리 떨어져 웅성거리며 지나갔다. 내가 캐리어 손잡이를 놓지 않고 틀어쥐는 바람에 내 팔은 뒤로 꺾여 있었고 캐리어가 비스듬히 내게 기울어 있었다. 힘이 빠지는 순간 캐리어도 내게로 넘어졌다. 너무 무거웠다. 열흘 치 짐이 이렇게 무거워도 되나. 주아가 서둘러 캐리어를 받아 똑바로 세웠다.

주아는 아무 말도 하지 않았다. 괜찮냐, 왜 그러느냐 같은 말 없이 내가 일어나는 것을 기다려 따라 일어났다. 내 얼굴을 계속해서 살피며 자신의 가방을 대충 주워 올렸다. 나는 입을 열었고, 그저 열기만 했는데 말이 쏟아졌다.

나는 버스 못 탈 것 같아.

알고 있었다. 이 버스와 그 버스는 달랐다. 카사블랑카의 고속버스와 서울의 마을버스는 생긴 것부터 다른데. 하지만 오늘은 버스를 탈 수 없었다. 모르긴 해도 지금은 아니었다. 자꾸만 힘이 풀리려는 다리에 억지로 힘을 넣었다. 땅을 밀어내다시피 해야 딛고 서 있을 수 있었다. 주아는 알겠다고 대답했다. 나를 데리고 천천히 대로변으로 나와, 다시 택시를 잡았고, 나는 택시 안에서 그저 조용히 숨을 쉬려고 노력했다. 오른쪽 시야에 주아가 걸렸다. 주아 역시 나를 왼쪽 시야에 걸어 놓고 가만히 지키고 있었다. 나를 대놓고 바라보거나, 내게서 고개를 돌리지 않은 채. 호흡은 천천히 제자리를 찾았다. 아니, 솔직히 말하자면 제자리보다는 조금 빠른 박자였다. 그리고 그건 내 오른쪽에 앉은 사람 때문이겠지. 택시는 얼마 지나지 않아 우리가 묵었던 호텔 앞에 도착했다.

택시에서 내리기 전 나는 주아에게 말했다. 말이라는 것이 내 숨에 들러붙어 같이 나왔다.

나도 네가 좋아.

막다른 길이었다.

*

명우는 우울증과 싸우던 도중에 사귀고 있던 애인과 헤어졌다. 명우는 이해한다고 했다. 친구도 견디기 힘든 걸 어떻게 애인이 견디겠냐고 했다. 나는 다른 방식으로 이해했다. 친구니까 견딜 수 있는 거였다. 애인이 곁에서 노력해야만 하는 절대적인 시간과 정도는 친구와는 비교도 할 수 없을 테니까. 우리는 명우의 다수의 전 애인 중 그를 가장 덜욕했고, 대부분의 경우 지나가는 말로라도 이야기하지 않았다. 명우는 그 뒤로 아직 칠 바닥이 남아있다는 것을 보여주었다. 나는 명우를 받쳐 주고 싶었지만, 그곳이 얼마나 깊은

지 모르는 사람의 입장에서는 할 수 있는 것이 많지 않았다. 내가 헤아린 것은 그래봤자, 친구가 노력해야 하는 절대적인 시간과 정도에 비례했을 것이다.

여느 때와 비슷하게 햄버거 세트를 두 개 포장해 들고 명우의 자취방에 간 날 나는 눈이 시뻘겋게 충혈된 김명우를 마주쳤다. 명우는 아무 말도 없이 나를 빤히 쳐다보기만 했다. 눈물이 떨어지는데 닦지도 않았다. 평소와는 다른 느낌에 나는 운동화를 벗다 말고 다시 구겨 신었다. 어, 그 뭐냐, 이따가 다시 올까.

명우는 웃음인지 뭔지를 터트리다가 목에 뭐가 걸렸는지 콜록거렸다. 뭘 새삼. 이제 너한테 더 쪽팔릴 것도 없다.

나는 명우가 내 손에서 햄버거 봉지를 받아 가는 것을 멍하니 바라보다가 서둘러 운동화를 벗고 안으로 들어갔다.

세수를 하고 나온 명우는 언제 울었냐는 듯 멀쩡한 표정으로 햄버거를 먹었다. 나는 명우가 햄버거를 반쯤 먹어치울 때까지 명우를 보기만 했다. 입안에 가득 밀어 넣은 음식을 삼키고 명우가 말했다. 안 먹어?

나도 주섬주섬 식사를 했다. 명우는 햄버거와 감자튀김을 해치우고 침대에 기댄 채 사이다를 마셨다. 한참을 그러고 있더니 대뜸 내게 말했다.

고마워.

나는 그 말에 부산스럽게 쓰레기를 정리했다. 다음에는 그 뭐야, 수제버거 집에서 사다 줄게.

그거 말고.

나는 명우를 쳐다보았다.

너는 내가 이럴 때마다 뭐라고 해야 할지 모르겠다는 표정으로 말을 고르잖아. 내가 힘든 거에 나는 익숙해졌는데 너만 안 익숙해 지금.

나는 봉투를 꽉 묶었다. 수제버거 백 개 사다 줄 테니까 그런 거엔 안 익숙해졌으면 좋겠네.

명우는 낄낄 웃었다. 그러니까 그런 게 고맙다는 거야.

뭐가 고맙다는 거야, 나는 속으로 중얼거렸다. 나는 김명우를 위로하는 데 능숙해졌으면 했다. 아마 죽었다 깨도 달성하지 못할 목표였겠지만.

그날 이후로 명우는 조금씩 상승곡선을 타기 시작했다, 고 본인 입으로 말했다. 오다가다 하루쯤은 뒤로 가는 날도 있지만 어쨌든 열심히 기어 올라가고 있다고. 명우는 결국 혼자서 그곳을 빠져나왔다. 명우는 내 덕분이라는 말을 자주 했지만, 그건 다른 누구도 아닌 김명우 덕분이었다. 나는 그저 그동안 명우를 느리게 이해했다. 또 한편으로는 이해할 수 없는 부분이 있었기에 명우와 계속 함께 있을 수 있었다. 그리고 끝까지 능숙하지는 못했다. 바꿔 말하면 내게 비슷한 일이 발생한다 해도 나는 어떤 예측도 할 수 없다는 거였다.

*

나는 침대에 앉아 있었다. 흰 시트는 가지런히 정리된 상태였다. 마음에 들지 않아 시트를 잡아 뺐다. 베개도 아무렇게나 던져 놓았다. 빳빳하던 침대 위로 긴 주름이 갔다.

잠시 뒤 주아가 들어왔다. 손에는 찻잔을 들고 있었다. 따뜻한 걸 좀 달라고 했어. 나는 차향을 살짝 맡아 보고 입에 댔다. 뜨거운 물이 목을 타고 넘어가자 기분이 조금 나아졌다. 주아는 차를 삼키는 나를 계속해서 바라보고 있었다.

괜찮아. 나 안 죽어.

아니, 그게 아니라.

나는 핸드폰을 집어 들고 명우와의 메신저 창을 열었다. 뭐라 말해야 할지 생각나지 않았다. 나 한 번 더 터졌다고? 나는 화면을 노려보다 결국 할 말을 찾지 못하고 창을 껐다.

핸드폰을 침대에 던지고 주아를 보았다. 주아에게 말해야 했다. 나는 너하고 연애 같은 걸 할 생각이 없다고.

입이 잘 떨어지지 않았다. 하필이면 이런 상황에 만날 건 또 뭘까. 만약 내가 좀 더 괜찮은 상태였다면, 걸음을 옮길 방향을 찾은 뒤였다면 어땠을까. 이런저런 생각이 머릿속에

넘실거렸다. 하지만 말해야 하는 건 말해야 하는데. 어렵게 입을 열려는 순간 주아가 먼저 말을 뱉어냈다.

다른 도시로 가려면 버스가 대부분이긴 한데, 합승택시도 구하려면 구할 수 있을 거야. 오늘은 힘들 것 같으니까 여기서 자고, 숙박은 내가 하루씩 미뤄 둘게. 혹시 내일도 안 좋으면 얘기해 줘.

그게 아닌데. 나는 주아의 그 현실적인 말이 어쩐지 비현실적으로 느껴졌다. 주아에게 묻고 싶었다. 너는 왜 아무것도 묻지 않느냐고. 또 말해야만 했다. 나도 네가 좋지만, 거기서 우리가 가야 할 길이 도무지 보이지 않는다고.

하지만 나는 결국 말하지 못했다.

주아는 이상하리만치 내게 캐묻지 않았고, 이후 일정과 관련된 예약 역시 조용히 처리했으며 나에게 차를 한 잔 더 가져다주었다. 나는 명우에게도 말하지 못했다. 그저 메신저 창을 들락거리다 사진을 몇 장 더 보냈을 뿐이었다. 명우도 그 오랜 기간 동안 내게 말하지 못했던 것들이 있었겠지. 주아는 침대 헤드에 기대 앉아 있는 내게 다가와 등 뒤에 베개를 받쳐 주었다. 호텔 베개는 꽤나 푹신했다. 주아의 팔목이 내 어깨를 스칠 때 나는 명치 언저리에서 기분 좋은 뻐근함을 느꼈다. 우리는 모로코를 한 바퀴 돈 뒤 다시 비행기를 타기 위해 카사블랑카로 와야만 했다. 나는 한국으로, 주아는 다른 나라로. 나는 다시 카사블랑카에 왔을 때 주아에게 말해야겠다고 생각했다. 그 이후로 미룰 수는 없었다.

*

카사블랑카는 우리가 머문 곳 중 가장 도시 같은 곳이었다. 말하자면 고층 빌딩 사무실과 맥도날드, 스타벅스 같은 것을 볼 수 있는 마지막 기회였다. 우리는 점점 더 오지로 들어갔고, 그리로 갈 수 있는 거의 유일한 교통수단은 버스였다. 다행히 이전과 같은 공황 증세는 나타나지 않았다. 여전히 숨은 조금 답답했지만 견딜 만했고, 버스를 타고 주아의 이야기를 듣다 보면 호흡은 내가 신경쓰지 않아도 될 정도로 가라앉았다.

오지라는 말은, 사막에서 정점을 찍었다. 나는 그토록 사람이 없는 풍경이 놀라웠고 모래바닥의 조용함이 나를 부드럽게 받쳐 주는 것만 같았다. 같은 숙소에 머무는 관광객들은 있었으나 그들 역시 사막의 밤에는 모두 따로였다. 각자의 텐트에, 혹은 모래밭 어딘가 보이지 않는 곳에 있었겠지만 나는 그들의 소리를 들을 수 없었다. 나는 주아와 나란히 누워서 초승달과 온 하늘 전체에 흩뿌려진 별을 보았다. 별똥별이 많이도 떨어졌다. 서울에서도 별똥별이 떨어지고 있을 테지만 내가 못 보았던 것이라 생각하니 어쩐지 억울했고, 떨어지는 별마다 소원을 빌어 보려고 했으나 잘 생각이 나지 않았다. 내가 바라는 것이 하룻밤 사라지는 별 개수만큼도 되지 않는다는 사실은 서울에서 별똥별을 못 보는 것보다도 더 억울했다. 주아는 별을 보는 도중에 내게 돌아누웠다. 나는 그걸 알면서도 눈을 감고 자는 척을 했다. 거기서 나도 돌아누우면 별이고 뭐고 다 아무 의미도 없게 될 것 같아서였다.

햇빛이 내 눈꺼풀을 열어젖혔고 일어나 앉으니 주아는 어딜 갔는지 보이지 않았다. 주아가 베고 잤던 베개는 나와 가까운 쪽이 움푹 꺼져 있었다. 까끌한 목을 가다듬으며 자리에서 일어났을 때 나는 저 멀리 가장 높은 모래언덕 위에 서 있는 주아를 보았다. 주아는 해가 돋는 방향을 향해 서 있었다. 주아의 곱슬머리가 햇빛을 받아 마구잡이로 반짝였다. 나는 곁을 더듬어 핸드폰을 찾아낸 다음 주아의 사진을 찍었다. 역광이었다. 자꾸만 마음이 간지러웠다.

낙타는 대단해. 나는 간지러운 마음을 견디지 못하고 명우에게 연락해 딴소리를 했다.

갑자기 왜?

낙타는 사람을 태우고 사막을 건너.

명우는 답이 없었다. 이게 무슨 의미인지 궁리하고 있는 것 같아서, 나는 한 줄을 더 보냈다. 염려 말라는 의미로. 그러지 않으면 김명우가 너도 사람 업을 수 있어, 같은 말을 할 것 같았다. 아니면 너도 사막 건널 수 있어, 라든지.

그리고 걸어다니면서 똥도 쌀 줄 알아.

명우는 자기 밥 먹고 있다며 토하는 이모티콘을 보내왔다.

나는 야간 버스에 실려, 아득하게 까만 모로코 국도의 도로변을 내다보며 사막을 떠났다. 주아는 내 어깨에 비스듬히 기대어 잠을 잤다. 불 꺼진 버스 안 공기는 서늘했고 뒷자리에 앉은 외국인들이 잘 모르는 억양으로 작게 대화했다. 나는 주아의 뺨과 머리카락을 받치고 있을 수 있다는 것에 안도감을 느꼈다.

*

다른 도시들의 훨씬 복잡한 메디나에서도 우리는 지도를 보지 않고 돌아다녔다. 주아는 길을 안내해주겠다며 들러붙는 현지인들을 기가 막히게 쳐내며 나를 데리고 메디나를 활보했다. 페즈에서는 그런 인간들이 너무 많았다. 어디 가냐고 묻는 그 질문들에 주아는 우리 길 안다고 대답했다. 사실 길은 몰랐다. 어디 갈지도 모르는데 길 같은 걸 알 리가 있나. 우리는 대충 돌아다니다가 괜찮아 보이는 식당이 나오면 들어가 밥을 먹고 좌판에 마음에 드는 것이 있으면 사고, 좀 예쁜 건물이 보이면 무슨 관광지인가보다 하고 기웃거렸다. 하지만 그런 설렁거리는 여행 방식에 비해 길 안다고 대답하고 돌아서는 주아는 아주 매몰찼다. 덕분에 나는 삐끼를 쳐내려면 저 정도 확신에 찬 걸음이 필요하다는 것을 깨달았다. 우리는 메디나에서 계속 손을 잡거나 팔짱을 낀 채 돌아다녔다. 나는 주아와 작은 면적으로 맞닿아 있는 것이 좋았다. 주아는 일부러 그 면적을 늘리려 하지 않았고 나는 그런 것에 안심했다.

문제는 안심한 만큼 고민은 덜 하게 되었다는 점이었다. 나는 주아가 받쳐 준 베개가 편안해서 거기에 계속 기대어 있었다. 그리고 그 베개는 내 몸에 눌린 모양으로 변해 갔고 나는 베개가 있다는 사실도 잊어버린 것 같았다. 딱 그런 모습으로, 주아와의 관계에 대한 고민은 미루고 또 미뤘다.

그렇게 우리는 다시 카사블랑카로 돌아왔다.

공항에 들어서는 순간 나는 어떤 막막함에 사로잡혔다. 핸드폰에는 명우의 연락이 와 있었다. 근데 어떻게 됐냐? 주어는 없었지만 나는 명우가 뭘 묻는 것인지 바로 알 수 있었다. 그러지 않아도 해결하려고 했어, 나는 마음속으로 항변했다. 명우가 아니라 나를 향한 항변이었다. 여태까지 아무 생각도 안 하려고 했다는 걸 너무도 잘 알고 있는 스스로를 향한.

주아와 함께 있을 수 있는 마지막 공간이었다. 주아는 모로코를 도는 와중에 벨기에행 티켓을 샀고 나는 내가 자기소개서에 뭘 썼는지도 기억나지 않는 면접을 보러 서울로 돌아가야 했다. 그 면접은 보긴 봐야 하니까, 벨기에로 갈 수는 없고, 체크인을 하고 출국 게이트를 통과하면서도 이 끝난 여행에 대한 미련을 버리지 못한 채 머뭇거렸다. 주아의 비행기는 출발까지 두 시간 가량이 남아 있었다. 나보다 한 시간이 빨랐다. 말하자면 떠나는 뒷모습을 보게 되는 것은 나일 예정이었다. 나는 어쩐지 조급해져서, 주아를 끌고 카페로 가서 뭘 마시겠느냐고 물었다. 우리는 음료를 받아 들고 적당한 의자에 가서 자리를 잡고 앉았다.

주아는 아이스초코를 한 입 먹더니 나를 빤히 바라보았다. 나는 주아를 봤다가 내 핸드폰을 봤다가 하며 부산스럽게 굴었다. 주아의 한 입 마신 아이스초코 안에서 얼음이 멀뚱하니 녹고 있었다. 맛이 별로냐고 물어보려는 순간 주아가 먼저 입을 열었다.

뭐 할 말 없어?

공항의 부산스러운 소음이 귓바퀴 밖으로 밀려나 사라졌다. 나는 그동안 미뤄뒀던 생각들이 한 번에 쏟아져 들어오는 것을 느꼈다. 아메리카노 컵이 차갑게 손에 달라붙었다. 내가 컵을 움켜쥔 채 가만히 있자 주아는 자신의 슬링백을 열어 내용물을 정리하기 시작했다. 여권이며 지갑 같은 것들이 바깥으로 나왔다가 다시 가방 안으로 사라졌다. 주아는 한참 가방을 뒤적거리더니 깊숙한 곳에서 여러 색깔의 구슬을 엮어 만든 팔찌를 꺼냈다. 페즈에서 산 것이었다. 페루에서 샀다는 주아의 팔찌와 비슷한 디자인이었다. 그때는 저렇게 생긴 걸 좋아하나보다, 정도로 생각했다. 주아가 팔찌를 내 쪽으로 밀어두고 가방을 닫았다.

너 주려고 산 거야.

그리 크지 않은 구슬들이 공항 조명에 잘게 반짝였다. 주아는 내가 아닌 팔찌를 내려다보면서 말했다. 많이 다듬고 정리한 듯, 멈추지 않고 같은 빠르기로 말했다.

나는 네가 여기까지 왔길래, 그래도 조금쯤은 진지한 마음이 있는 거라고 생각했어. 카사블랑카에서 출발하려고 했던 날에는 뭔가 힘든 일이 있었던 것 같더라. 나는 사실 정의되지 않은 관계를 별로 좋아하지 않아. 하지만 네가 언젠가는 뭐라도 이야기해 줄 거라고 생각해서 안 물어봤어.

주아는 숨을 삼켰다.

그런데 너는 끝까지 아무런 말도 안 하는구나.

주아는 자리에서 일어나 배낭을 멨다. 자기 몸통만큼 커다란 배낭을 메고 돌아서서 게이트가 있는 쪽으로 걸어갔다.

나는 의자에 몸이 잠긴 것처럼 그 자리에 멍하니 앉아 있었다. 언젠가는 일어날 일이었다. 주아가 남기고 간 팔찌와 아이스초코가 나를 책망하는 것처럼 내 앞에 있었다. 그것들이 거기 있는 것만으로도 나는 질타를 받는 기분이었다. 이 짧은 여행에서 내가 주아에게 주었다고 생각했던 것들은 너무나도 알량한 것들이었다. 고작, 택시를 좀 잡으려 한 것, 저녁 먹을 가게를 찾은 것, 주아의 가벼운 농담에 웃은 것, 그런 얄팍한 것들. 잠든 주아에게 어깨를 내어줬다는 사실에 안도했던 스스로를 한 대 치고 싶었다. 그건 빚이라도 갚은 것 같은 안도였다. 그리고 뭐라도 쥐어주지 않으면 안 될 것 같아서 겨우 생각해 낸 게 아이스초코 같은 거라니. 내가 한 행동과 생각들을 한 층 들어내 보면 그 사이를 점점이 채우고 있던 어설픈 스스로가 드러났다. 나는 자꾸 조악한 것들만 주고 있었다. 내가 조금이라도 덜 미안해지기 위해서. 그에 비해서 주아는 내게 안정을 주고 손을 내밀어 주고 기다리고 있었다. 내가 하지 않았던 생각들을 대신하면서.

나는.

나는 주아를 부르고 싶었다. 내 손에, 내 팔에 닿아 있던 주아의 작은 면적들이 필요하다고 말하고 싶었다. 그 순간 나는 내가 먼저 주아의 손을 잡은 적이 없다는 것을 깨달았다. 언제나 자연스럽게 주아가 먼저 나를 잡았다.

나는 자리에서 일어나 한 손에는 팔찌를 한 손에는 캐리어 손잡이를 쥐고 뛰기 시작했다. 주아의 게이트가 몇 번이었는지 정확하게 생각이 나지 않아서 전광판에서 초조하게 번호를 확인하고 다시 달렸다. 게이트 앞에 도착했지만 주아나 주아의 배낭은 보이지 않았다. 무심한 눈초리의 외국인들이 숨을 몰아쉬는 나를 짧게 쳐다보다 고개를 돌렸다. 나는 선 자리에서 한 바퀴를 돌며 주아의 흔적을 찾아보려 애썼다. 비행기 시간은 아직 많이 남았으니 다른 곳에 있을지도 몰랐다. 어쩌면 탑승구로 간 게 아닐 수도 있겠다는 생각이 들었다. 나는 왔던 길을 되돌아갈 생각으로 몸을 틀었다.

그리고 화장실에서 나오던 주아와 눈이 마주쳤다.

나는 한 발을 떼었다. 나는 걷기 시작했다. 점점 빠르게. 달려가 주아의 손을 잡았다. 아직도 호흡은 진정되지 않은 상태였다. 주아의 손은 물이 덜 말라 있었다. 팔찌가 나와 주아의 손 사이에서 눌리는 것이 느껴졌다.

서울. 언제 와?

정말이지 멋없는 말이 흘러나왔다. 주아는 손을 잡아 빼 옷에 물기를 닦았다. 나는 아주 잠깐 메디나의 삐끼가 된 기분이었다. 그리고 주아는 누구보다 길을 아는 사람 같은 표정이었다.

몰라.

주아가 대답했다. 알아도 알려주지 않겠다는 말처럼 들렸다. 나는 당황해서 일단 아무 말이나 주워섬겼다.

비행기 시간까지 뭐 할 거야?

앉아 있을 거야, 그냥.

그 말을 실천이라도 하듯 주아는 게이트 앞 의자로 성큼성큼 걸어갔다. 나는 그 확신에 찬 발걸음 뒤를 열심히 쫓아갔다. 주아는 세 개씩 붙어 있는 의자에 자리를 잡았다. 나는 나도 모르게 손에 잡혀 있던 것들을 꾹 쥐었다. 주아는 내 손을 흘긋 보더니 내게 물었다.

팔찌 주러 온 거야? 너 가져.

아니, 그게 아니라.

나는 서둘러 팔찌를 왼쪽 손목에 끼워 넣었다. 팔찌가 작게 잘그락거리는 소리를 냈다. 손바닥에 구슬들의 자국이 남아 있었다. 나는 손을 살피다가 시선을 옮겨 주아의 눈을 바라보았다. 내게 말을 걸던 주아를 생각했다.

있잖아.

주아는 대답하지 않았다.

서울에 오면 연락해.

주아는 눈을 천천히 깜박였다. 나는 이어 말했다.

내가 기다릴게.

미안하다고 말하고 싶었다. 하지만 그걸 지금 말하면 그 역시 얄팍해질 것만 같았다. 그러니까 그건, 서울에 있는 내가 괜찮아진 뒤에. 나는 내게 할 말을 정리했을 주아를 생각하며 열심히 말을 골랐다. 그러니까.

네 옆에 있어도 돼?

막다른 길 같던 주아의 눈이 풀어지나 싶더니 내 손에 주아의 손이 닿아 오는 것이 느껴졌다. 나는 그 작은 면적을 힘주어 잡았다.

주아가 나를 끌어당겼다.

괴물의 온도

|||||||||||||||||||||||||||||||||

조수아

조수아

서울대학교에서 작물생명과학을 공부하고 있습니다. 소설을 비롯한 다양한 창작물에 관심이 많고, 그만큼 많은 장르와 주제의 이야기를 생각하는 것이 즐겁습니다. 그중에서도 지금 할 수 있는 이야기를, 되도록 재미있는 방식으로, 꾸준하게 쓰고자 합니다.

괴물의 온도

새하얀 편지 봉투는 스티커로 봉인되어 있었다. 손으로 뜯기까지의 찰나가 아주 길게 느껴졌다. 편지를 열자 익숙한 미색의 편지와 인화된 사진 한 장이 보였다. 나는 버릇대로, 사진을 먼저 꺼냈다. 뒤집어보자 눈 내리는 한강의 모습이 보였다. 꽤 잘 찍은 사진이었다. 잠시 그 사진을 바라보다가, 미루고 미루었던 편지를 열었다. 편지 안의 상냥한 말들과 그 아이의 전화번호… 계속 보고 있자니 가슴이 위태롭게 쿵쿵 뛰었다. 편지를 접어 다시 봉투 안에 넣었다. 사진까지 끼워놓고는 봉투를 멀리 치워버렸다. 그 순간 나는 누군가에게서 도망치고 있었다.

*

그해, 나는 재수학원 휴게실에서 초콜릿 까먹기를 즐겼다. 7월이었나. 해가 한참 기세를 부리던 계절. 그날도 휴게실 의자를 빼고 앉아 주전부리를 입에 넣고 있었다. 멀리에는 여자애 몇 명이 앉아있었다. 여기 애들은 휴대전화를 아예 반납했으면서도 바깥소식에 꽤 예민했다. 무리 중 한 명이 나한테까지 들리는 목소리로 말했다. "괴물이 나왔대." 무슨 개가 풀 뜯어 먹는 소리지. 그런 생각을 하면서도 자연스럽게 귀를 기울였다. 대충 듣자 하니, 서울에 괴생명체가 나온 모양이었다. 토끼나 다람쥐 같은 작은 동물이 몸집을 집채만큼 키운 괴생명체. 괴성을 지르며 난동을 피우다가 얼마 안 가다시 작아진다고, 큰 도시에서만 나온다고 했다. 학원은 중소도시에 있었기 때문에, 이 근처에서도 나오면 어떡하냐며 호들갑을 떨던 몇몇이 조용해졌다. 이후로는 환경 오염이며 자연의 분노며 하는 원인 추론이 이어졌다. 마무리는 수능 때 나오면 어떻게 하냐는 걱정이었다. 나는 들고 있던 초콜릿 껍질을 버리고 휴게실을 나섰다. 괴물 이야기는 이후로도 종종 애들의 입에 오르내렸지만, 마치 시시한 이벤트처럼 곧 잊히기 일쑤였다.

그러나 내게는 아니었던 모양이다. 난 두 번째 수능이 끝나자마자 포털 사이트에 '서울 괴물'을 검색했고, 7월에 시청 근처에서 나왔다는 괴물의 사진을 살펴보다. 커다랗고, 꼬질꼬질하고, 다소 징그러웠다. 기사 내용을 읽지 않아도 원래 정체가 쥐라는 것을 알아볼 만한 외모였다. 괴물의 사진을 살펴보고 나서도 나는 휴대전화를 손에서 떼지 않았다. 그 외에도 잡다한 것들을 검색했고, 몇몇 아이들과 끊임없이 메시지를 주고받았다. 잠시라도 쉴 때면 불안감이 온몸을 엄습했기 때문이다.

결과적으로 말하자면 두 번째 수능은 망했다. 첫 수능보다 훨씬 낮은 점수가 나왔다. 수학은 손이 굳어서 뒷부분을 아예 풀지 못했고, 다른 과목도 수학보다 나을 뿐 처참했다. 가채점을 해보고는 왈칵 눈물이 쏟아져 나왔다. 나는 그대로 가채점 결과가 적힌 수험표를 아무도 못 볼 곳에 숨기려다가, 그것마저도 불안해서 아예 찢어버렸다. 나는 한동안 방에서 나가지 않다가, 계속 이렇게 군다면 엄마가 결과를 예상하리란 것을 깨달았다. 엄마뿐인가, 눈치 빠른 동생이 먼저 알아차릴 것이다. 나는 순간 두려움에 숨이 막히는 기분이었다. 변명 같지만, 정말 그랬다.

나는 방문을 열었다. 거실에는 엄마와 방을 비워준 -나랑 동생은 한방을 썼다- 동생이 앉아있었다. 나는 P대니 O대니 하는 입시에서 흔히들 말하는 중상위권 대학들을 읊으며, 성적이 그곳에 갈 만큼밖에 안 나왔다는 말을 늘어놓았다. 엄마는 낯빛이 조금 밝아졌고, 동생 주연의 얼굴은 의심쩍다는 듯 미묘했던 것으로 기억한다. 사실, 이후로 동생이 정말 알아차렸기 때문에 그렇게 느낀 걸지도 모르겠다.

그 후 한동안은 버틸 만했다. 학원에는 지원을 안 할 것이라 밝히며 아예 상담을 요구하지 않았고 —솔직히 지원을 못하는 것에 가까웠다-, 집에는 원서 상담이라고 말해놓고 밖으로 나가곤 했다. 마침 주연이 시 규모의 체육 대회를 준비하고 있었기에, 엄마는 크게 신경 쓰지 못했다. 그저 가끔 어디 넣기로 했냐며 물으시곤 한숨을 쉬었을 뿐이다.

원서를 내는 날이 가까워질수록 나는 초조해져만 갔다. 거짓말이 증명될 날이 머지않았다. 심지어 거짓으로 학교에 다니는 상상까지 해보았는데, 금방 고개를 젓고 말았다. 그러고 나서는 모두 거짓말이었음을 가족에게 밝히고, 진실의 파장을 두 배로 고통스럽게 받는 일에 대해 생각했다. 이것 역시 고개를 젓고 싶었으나 필연적이었다. 나는 수능 시험이 끝났던 그 날처럼, 어쩌면 그날보다 더 불안해져만 갔다.

그래서 대뜸 진실을 고백하는 편지를 적고 집을 떠나기로 했다. 지금도 그다지 나아졌다고 할 수는 없지만, 그때의 나는 꽤 충동적이고 회피적이었다. 엄마의 비난을 받을 그 순간을 피하고 싶었다. 편지는 결국 엄마에게 전달되지는 못했다. 새벽에 지갑과 휴대폰 충전기, 옷가지 몇 벌을 가방에 챙겨 넣는데, 잠귀 밝은 주연이 깨버린 것이다. "언니?" 주연이 잠긴 목소리로 물었다가, 놀란 듯 목소리가 높아졌다. "어디가?" 그 물음에, 나는 잠시 말을 잇지 못했다. 어버버, 무슨 말을 하는지도 모르는 채로 수능에 대한 말들이 거짓말임을 밝혔다. 그에 대한 주연의 표정은 아직도 뇌리에 남아있다. "그럴 것 같았어. 진짜 어떻게 하려고 그래?" 주연이 짜증스럽게 말했다. 이상하게 그 말을 듣자 머릿속이 차가워지며, 말이 똑바로 나왔다. 엄마가 화내는 동안 나가 있을 거다, 네가 엄마한테 전해줘라, 대충 그렇게 말하고 가방을 들고 집을 나섰다. 나가는 길에 엄마에게 적어 두었던 편지는 구겨서 버렸다.

*

분명 집을 나설 때는 근처 찜질방으로 가려고 했다. 그러나 정신을 차려보니 버스 터미널이었고, 서울로 가는 가장 빠른 표를 달라고 하고 있었다. 아예 집에서 훨씬 먼 곳으로 가고 싶었다. 어느새 나는 서울로 가는 버스 안이었다. 자리에 앉아서 눈을 감으려 했지만, 불안해서 잠이 오지 않았다. '어쩌자고 그런 거짓말을 했지.' 생각하는데, 한 사람이 떠올랐다. 하늘이었다.

하늘은 내 펜팔 친구였다. 내가 중학교 시절, 비슷한 나이대만 가입하는 또래 카페가 유행이었다. 나도 그중 한 카페에 가입했고, 그 카페에는 〈펜팔 친구 구하기〉 게시판이 있었다. 그곳에서 하늘을 만났다. 몇 번 댓글을 단 끝에, 우리 둘은 서로를 펜팔 친구로 정했다. 그렇게 편지를 주고받기 시작했다. 편지라기보단, 몇 주에 한 번 쓰는 서로를 향한 일기 같은 것이었다. 내 편지가 그냥 일기라면 하늘의 편지는 종종 사진도 들어있는 일기였다.

처음에는 솔직했다. 우리 가족이 어떻고, 학교가 어떻고 하는 이야기를 잘도 모르는 사람한테 적어주었다. 하늘도 마찬가지로 비슷한 이야기를 내게 해줬다. 내가 쓰는 편지가 일기가 아니라 굳이 따지자면 사실 기반의 소설이 된 것은 조금 더 이후였다. 아마도 시작은 주연의 '펜싱 바람'이 시작되던 때였을 것이다. 주연은 중학교 때부터 펜싱을 시작했는데, 시 대회에서 우승한 이후로 쭉 좋은 성과를 내었다. 주연이 시 대회에서 우승했을 때, 나는 관객석에 앉아서 동생을 응원하고 있었다. 그 내용이 그만 편지에는, 내가 시 대회에 나간 것으로 되어버렸다. 우리 중학교 응원 소리가 들리는데 심장이 터질 거 같더라. 그렇게 나는 하늘에게 펜싱 유망

주가 되었고, 주연이 중학교를 졸업하고 전문 펜싱부가 있는 고등학교에 진학하자 펜싱을 그만두었다고 적었다. 고등학교에서도 예전만큼은 아니지만, 펜팔이 종종 이어졌다. 대부분 사실을 적었지만 몇 가지 과장이 섞여 있었다. 성적이나, 가족과의 일화나, 반에서의 일이나… 그래도 분명한 건 완전한 거짓말은 아니었다는 거다. 물론 평범한 나에서 조금 특별한, 스포트라이트가 비추어지는 나로 변하긴 했다. 그러나 누구나 자기에 대해 말할 때면 특별해진다는 점에서 참작할 여지가 있었다.

가장 큰 거짓말은 마지막 편지에서였다. 나는 첫 수능을 잘 보지 못했고, 솔직히 편지에서 적었던 것만큼 고등학교 성적이 좋은 것도 아니었다. 엄마는 만족하지 못했고, 한없이 목표만 높았던 나 역시 그랬다. 재수가 눈앞에 아른거리는 순간이었다. 그런데 하늘이 미술 대학에 합격해서 기쁘다는 편지를 보내오자, 재수학원에 1년간 들어가야 해서 편지를 못 한다는 말을 적을 수가 없어졌다. 그때의 나는 어마어마한 거짓말을 하고 마는데, 미국으로 대학을 가게 되어서 한동안 펜팔을 할 수 없다고 적은 것이다. 지금 생각해보면 앞으로의 펜팔을 아예 끊을 수 있는 거짓말이었다.

그렇게 나는 하늘에게 펜싱 유망주에서 해외 유학생까지 되었다. 문득 고등학교 3학년 때 담임이 떠올랐다. 재수 때문에 생활기록부를 살펴보니, 담임이 쓴 부분에 '…소심하며 잘 나서지 않지만…… 몇몇 친구들과 어울리며…' 라고 적혀있었다. 생략한 부분에는 흔한 칭찬이 들어있었다. 꼼꼼하고, 주어진 일을 잘하고, 등등. 당시 나는 어떻게 소심하다는 말을 대놓고 쓰냐며 반발심이 들었지만, 어쩌면 내가 쓴 일기 겸 편지보다는 그 기록이 더 나다울지도 모를 일이었다.

하늘은 마지막 답장으로 자기 전화번호를 적어주었는데, 하필이면 지금 버스 안에서 그 생각이 났다. 덩달아 하늘이 보내주었던 눈 내리는 한강의 사진도. 나는 하늘의 번호를 받아 저장만 해놓고, 연락은 하지 않았다. 연락한다면 뻔히 거짓말인 게 드러날 것 같기도 했고, 어차피 재수학원에 있느라 그랬다. 그러니까 결론적으로, 하늘과는 1년 가까이 연락을 못 한 셈이었다. 그런데도 하늘이 서울에서 자취할 거라는 말이나, 언제 한번 보자는 말이 자꾸만 떠올랐다. 어쩌면 하늘의 집들이를 한다는 핑계로 하룻밤을 묵을 수도 있겠다는 염치없는 생각이 들었다.

나는 휴대전화를 켜서 전화번호부에 적힌 하늘의 이름을 한참 바라보았다. 아침의 잠결이었는지, 갑자기 자신감이 솟았다.

하늘아 나 연잰데 오늘 오랜만에 서울 가게 되었거든 혹시 시간 괜찮아?

잠시 망설이다가, 전송 버튼을 눌렀다.

*

그날 점심쯤, 나는 A 대학교 입구 역의 1번 출구에 서 있었다. 하늘에서는 눈이 내리기 시작해서 내 어깨 위에서 녹았다. 아마 그날의 나를 본 사람이라면 큰 면접을 앞둔 이로 오해했을지도 모른다. 나는 지금까지 펜팔에서 하늘에게 썼던 편지들을 떠올리며, 모순을 만들지 않을 방법을 궁리하고 있었다. 그러면서도 대학을 한국으로 옮길 준비를 할 거라는 둥 더 거짓말을 만들지 않을 새로운 거짓말을 짜냈다. 동시에 하늘과 아무리 펜팔을 나눴다고 하더라도, 결국 만나는 것은 처음인 셈이었으므로 긴장되기도 했다. 이런저런 요인들이 합쳐져 똥 씹은 표정으로 하늘을 기다리는데, 도착했다는 하늘의 메시지가 왔다.

나는 하늘이 내 첫 메시지를 본다고 해도 무시하리라 생각했다. 높은 확률로 무시한다면, 나는 무작정 서울 어디든 돌아다니다가 발 닿는 곳에서 찜질방에 들어앉을 생각이었다. 어쩌면 그렇게 돌아다니다가, 사진으로만 본 괴물을 만날 수도 있는 법이었다. 그러나 내가 터미널에 도착해서 눈을 떴을 때, 하늘에게 답장이 와 있었다.

연재야 오랜만이다 마침 나도 오늘 비는데ㅋㅋ 내 쪽으로 와 줄래? A 대학교 입구야

나는 하늘에게 내 인상착의를 알려주곤, 두리번거리며 하늘을 찾았다. 출구에는 이동하는 사람이 많았는데도, 한눈에 하늘을 알아볼 수 있었다. 마찬가지로 휴대전화를 보며 두리번거리는 사람이 있었기 때문이다. 하늘은 곧 내 곁으로 왔다.

"연재?"

하늘이 고개를 쑥 내밀고 물어보았다. 하늘은 목도리를 두르고 짧은 패딩을 입고 있었다. 머리카락은 길이가 어깨선을 조금 넘겼는데, 회색 섞인 금발이었고 빳빳해 보였다. 뿌리 쪽이 검은 게 염색한 지 꽤 된 것 같았다. 나는 속으로 생각했다. 와, 이렇게까지 하늘다울 일인가. 머쓱하게 웃으며 "안녕" 하고 인사하자 하늘은 눈이 반쯤 사라지게 웃어 보였다.

"이야, 진짜 얼마 만이냐. 게다가 만나자고 다 하고. 놀랐어."

"미안, 원래 약속이 갑자기 취소돼서. 갑자기 네 생각이 나더라."

또 거짓말. 나는 속으로 거짓말을 낳는 거짓말에 대한 사회 실험에라도 참여하고 만 기분이었다.

"점심 같이 먹을 사람 없나 찾던 중 아니었으면 못 나왔을

거야."

하늘은 반쯤 농담 같은 어투로 말했다.

나는 내가 벌여놓은 거짓말 때문에 가슴 한편이 무겁기도 했지만, 일단은 하늘이 너무나도 반가웠다. 무엇보다 편지를 보고 상상한 그의 이미지와 매우 비슷해서 더 그랬다. 덕분에 내 기분도 아침보다 훨씬 괜찮아져서, 반갑다는 등의 이야기를 들떠서 할 수 있었다.

우리는 파스타 가게에 들어가 점심을 먹었다. 하늘은 작년에 자주 갔다며 가게를 소개하면서 언뜻 신나 보였다. 하늘은 작은 카메라를 꺼내 음식을 찍다가, 나에게로 초점을 돌렸다. "찍어줄까?" 하늘이 가볍게 물었고, 나는 좋다고 대답했다. 하늘이 여전히 사진을 찍는다는 게, 왠지 기분 좋았다. 한참을 맛있다, 이거 진짜 맛있네, 같은 말이 오가다, 하늘이 먼저 물었다.

"한국에는 왜 들어온 거야?"

예상한 질문이지만 당황스러운 건 어쩔 수 없었다. 나는 최대한 태연하게 대답했다,

"아, 한국에서 대학 다니고 싶어서… 이제 한국에 있을 거야."

"정말? 완전히?"

하늘은 꽤 놀란 얼굴이었다. 그리고 여러 가지로 호기심이

동한 표정이었다. 나는 속이 불편해졌다. 이 대화 주제를 유지할 자신이 없었다. 그러나 하늘은 예상한 것처럼 내 근황을 물어왔다. 거의 1년 만에 만났기에 당연한 일이었다. 전공은 어떠냐, 학교 적응이나 언어는 어렵지 않냐, 동기들은… 이런 질문들에 나는 최대한 간결하게 대답하고, 하늘에게 되묻곤 했다. 그럴 때마다 하늘은 구구절절 긴 사연이 나오는데, 나는 짧은 답을 하게 되어 위화감이 들었다. 좋게 봐줄여지 없이 허술했다. 하늘이 이상함을 느꼈다면 아마 여기서부터였을 것이다. 나는 부러 근황이 아닌 다른 주제를 꺼냈다.

"괴물 본 적 있어?"

"괴물?"

"응, 괴물. 서울에서는 가끔 나오잖아."

하늘은 질문이 의외라는 듯한 표정이었다. 파스타를 한입 먹고는, 대수롭지 않게 말했다.

"없어. 있으면 위험한 거 아니야?"

"그런가. 실제로 보면 사진보다 더 크대."

내 말에 하늘은 으, 소리를 내며 표정을 찡그렸다.

*

우리는 한강으로 가기로 했다. 그건 점심을 먹을 때 나온 내 아이디어였다. 내가 재수를 할 때 -하늘로서는 내가 미국으로 갈 때- 하늘이 준 편지와 함께 온 눈 내리는 한강 사진 때문이었다. 마침 그날은 눈까지 내렸다.

한강에 가기 전, 우리는 대학로를 쭉 함께 걸었다. 유명하다는 소품 가게를 둘러보았고, 길거리에서 과일 꼬치를 사 먹기도 했다. 큰길을 따라 쭉 걸으면 A 대학교가 나타났다. 멀리서 봐도 화려하고 예뻐 보였다. 교내를 둘러보는 것만으로도 관광이 될 것 같은 장소였다. 그래서 그런지 하늘은 저 안으로 들어가 보겠느냐고 물었다. 예상대로 하늘은 A 대학교 학생인 모양이었다. 나는 왠지 들어가고 싶지 않았다. 지금 일어난 모든 사건이 대학으로 인한 것으로 느껴졌기 때문이다. 내가 완곡하게 거절하자, 우리는 지하철역으로 향했다.

지하를 한참 달리다 지상으로 올라오는 구간이 생겼다. 눈부시던 해는 어느새 기를 죽이고, 밖으로 반짝이는 강이 보였다. 유리창 앞에서 눈이 흩날렸다. 나는 창 너머를 빤히 바라보았다.

"연재야."

우리는 나란히 서 있었다. 하늘이 옆에서 나직하게 나를 불렀다.

"응?"

"대학교 있잖아."

가슴이 철렁 내려앉는 기분이었다.

"미국에서 다닌 거 아니지?"

"아…"

나는 그만 아무 말도 못 하고 입을 벌리고만 있었다. 끝내 나온 말은 더 한심했다.

"왜 그렇게 생각했어?"

"솔직히 편지 받았을 때도 조금 이상했거든. 근데 아까 밥 먹으면서…."

하늘은 오히려 본인이 무안한 듯 웃어 보였지만 어디까지나 나를 배려하는 웃음이었다. 곧 웃음에는 언짢음이 서렸다. 마치 어떻게든 나를 구제해주기라도 하려는지, 지하철은 우리가 내려야 할 역에 정차했다. 나는 미처 대답도 못 한 채로 내리는 사람에 휩쓸렸다.

*

우리는 역 출구로 나가기까지 아무런 말도 하지 않았다. 하늘은 내가 대답할 시간을 주려는 듯 일부러 말을 걸지 않았고, 나 역시 부지런히 발걸음을 옮길 뿐 입을 열지 않았다.

출구 밖으로 나오자 하늘이 디저트 카페에 들리자고 말한 게 전부였다. 나는 고개를 끄덕였고, 역 근처의 카페에서 빵을 고르고 커피를 사서 강가로 갔다. 사람이 많은 강 근처 잔디 공원을 지나, 강과 가까운 곳에 자리 잡았다. 우리 둘 다 걸 터앉고 나자, 이제는 정말 말해야 할 시간이라는 걸 깨달았 다. 강은 야속하게도 눈과 어우러져 무척 아름다웠다. 나는 다소 멍하니 강 쪽을 바라보며 입을 열었다.

"미안. 미국에서 다닌다는 건, 거짓말이었어."

하늘이 그럴 줄 알았다는 듯이 허탈한 웃음소리를 냈다.

"그것만 거짓말이었던 건 맞지?"

나는 잠시 망설이다. 겨우 말을 꺼냈다.

"그게 가장 큰 거였어."

음… 하는 소리가 길었다. 하늘의 표정을 볼 자신이 없었 다. 그의 목소리를 듣자, 그가 어떤 표정을 하고 있을지 눈에 선했기 때문이었다. 하늘은 생각보다 화를 내지 않았고, 그 것은 나에 대한 기대가 바닥에 떨어졌다는 것을 의미했다. 주연의 목소리가 귓가에 맴돌았다. 그럴 줄 알았어, 어쩌려 고 그래? 주연에게 그 말을 듣는 순간, 내가 누구보다 한심한 사람인 것 같았다. 하늘의 침묵이 또다시 나에게 말한다. 네 가 그럴 줄 알았어. 주연 앞에서는 오히려 화를 냈던 나지만, 하늘 앞에서는 그럴 수 없었다. 하늘은 달랐다. 굳이 나를 이해해야 할 이유가 없는 사람이었다. 나는 더더욱 작아졌다. 하늘의 입이 열렸다. 그래, 뭐 어쩌겠어. 역시나 하늘은 화를 내지도, 네가 어떻게 그럴 수 있냐며 쏘아붙이지도 않았다.

그게 아니라… 내 자신감 없는 문장은 끝까지 이어지지 못하고 부서져 사라졌다. 나는 분명 볼썽사나웠을 표정으로 미안하다는 말만을 반복했다. 내가 곧 침묵하자 하늘은 자리에서 엉덩이를 떼고, 카메라를 꺼내 강가로 다가갔다. 고요함 속에서 강가에 선 뒷모습이 보였다. 나는 결국 내 거짓말에서 도망쳐, 또 다른 거짓말이 파놓은 무덤으로 기어들어 간 기분이었다.

하늘의 뒷모습을 바라보는 몇 초가 몇 년 같았다. 하늘, 아까지 내뱉으려던 찰나였다. 멀리서 사이렌 소리가 들렸다. 하늘이 카메라로 사진 찍는 것을 멈추고 소리 쪽을 휙 돌아보았다. 낯익은 안내 목소리가 들렸다.

"공원에 있는 시민분들께 알립니다. 지금 공원 내에 괴물이 나타났으니, 강가로 다가가지 마시고 안내에 따라 대피하십시오. 공원에 있는 시민분들께…"

나는 소리를 듣자마자 현실감을 잃었다.

"강가?"

겨우 짜낸 말이었다. 나는 벌떡 일어나서, 하늘을 붙잡았다. 하늘 역시 놀랐는지 몸에 힘이 들어가 있었다. 잔디 공원으로 올라가는 계단 쪽으로 뛰려 하는 순간이었다. 가려는 쪽의 맞은편에서 거대한 형체가 걸어오고 있었다. 그것은 마치… 거대한 쥐 같았다. 사진으로 본 것보다 훨씬 압도적이었다. 나나 하늘보다 세 배는 큰 듯했다. 회색 털이 꼬질꼬질했다. 일단 괴물은 계단을 올라갈 생각은 없어 보였다. 이제까지 강가를 따라 쭉 걸어온 것 같았다. 계단 너머에서는 대피하는 인파가 보였다. 괴물은 걸음을 멈추지 않았다. 성큼성큼 걸을 때마다 땅이 울렸다.

하늘은 계단으로 올라가기를 포기한 듯했다. 주춤거리는 내 손을 잡고 반대쪽으로 뛰기 시작했다. "저기!" 하늘이 가리킨 곳은 다리를 지탱하는 기둥 뒤였다. 저 뒤에 숨으면 괴물에게 보이지 않을 것 같았다. 우리는 뒤도 돌아보지 않고 뛰었다. 괴물의 걸음은 사람이 뛰는 것보다 빨랐다. 점점 가까워지는 게 느껴졌다. 나는 그만 뒤를 돌아보다가, 바닥에 돌출된 부분에 걸려 넘어지고 말았다. 너무 놀라 비명조차 나오지 않았다. 급하게 방향을 트는 하늘의 발소리, 괴물의 쿵쿵거리는 소리. 나는 바닥에 엎드려 귀를 막았다.

*

눈을 떴을 때는 앞머리가 바람에 흩날리고 있었다. 포근한

털 같은 게 느껴졌다. 으음… 낮은 신음이 흘렀다.

나는 천천히 고개를 들었다. 탁 트인 다리의 전경이 보였다. 강 너머의 큰 건물들도. 강 사이를 잇는 다리를 건너는 중인 것 같았다. 그리고 몸을 움직일 수 없다는 사실도 깨달았는데, 나는 누군가의 품속이었다. 그것도 푸근하고 따뜻한… 마치 괴물 같은. 괴물 같은? 나는 빠르게 위를 살폈다. 귀여운 햄스터의 턱! 아까 그 괴물이 분명했다. 괴물은 아까와는 비교도 안 되게 빠르게 달리고 있었다. 사실은 날다람쥐였던 것 아냐? 그런 생각이 들 만큼, 마치 날고 있는 듯했다. 괴물은 나를 잡고 다리를 가로질렀다. 나는 마치 스스로 달리고 있는 듯한 기분을 느꼈다. 바람이 그저 시원했다. 강 멀리 보였던 건물들이 점차 가까워졌다. 다리를 다 건넜다. 그러고 보니 하늘은 어디에 있는 거지? 나는 곁을 살피고, 고개를 들어 괴물의 등 위도 살펴보았지만, 하늘은 없었다.

그때, 괴물이 품 안에 안았던 나를 붙잡더니 위로 휙 던졌다. 내 몸은 붕 떴다가, 떨어질 것 같은 아찔함을 듬뿍 느끼곤 괴물의 등에 안착했다. 그제야 괴물은 두 발로 뛰기를 멈추고 네 발로 뛰기 시작했다. 정확히 말하면, 뛰어올랐다. 나는 홀린 듯이 주위를 살펴보았다. 거대한 건물과 건물 사이로 비치는 탁 트인 주황빛 하늘이 보였다. 가슴이 벅차 터질 것 같았다.

전경을 살피고 있는데 주위 공기의 흐름이 이상했다. 하강이었다. 롤러코스터를 타듯 쏠릴 줄 알았는데 부드럽게 스치는 바람이 기분 좋았다. 높이가 꽤 높았기에 괴물을 꽉 붙잡았다. 털은 부드럽기 그지없었다. 멀리서 봤을 때는 꼬질꼬질한 회색이었는데, 이상하게 가까이에서 보니 베이지색이었다. 나는 무심코 괴물을 쓰다듬었다. 기분 좋은 공명이었다.

나는 아까부터, 괴물의 품에 안겨 있을 때부터 쭉 기분이 좋았다. 그런데 좋다는 한마디로 설명하기엔 부족했다. 괴물의 등에 기대, 아래로 보이는 풍경을 눈에 담았다. 강을 낀 도시가 까마득히 아래로 느껴졌다. 강은 여전히 햇빛으로 반짝였고, 그 근처로 크고 작은 건물들이 서 있었다. 모든 것이 아래에 있는 기분, 어디에든 갈 수 있을 것 같다. 괴물이 몸을 움츠렸다. 뛰어내리기 직전이었다. 나는 두 눈을 꼭 감았다. 몸이 붕 떠오르는 것을 느꼈다. 눈을 떠야 해. 그런 생각이 들었다. 곧 아래로 쏠리는 느낌이 들었고, 괴물의 품이 점차 작아졌다. 괴물에 매달려 있다가, 괴물을 끌어안았다가, 어느새 손에 괴물이 잡히지 않았다. 눈을 떴다. 괴물이 아주 조그마한 생쥐가 되어, 나는 공중에서 괴물의 실체를 마주했다.

수많은 인파 속에서 거대하게 몸집을 부풀렸던 괴물이 결국엔 초라하게 작아져 있다. 괴물이 굳이 도시에서 나타나는 이유를 알 것도 같았다. 최대한 커다랗고 파괴적인 모습으로 사람들 앞에 서고 싶은 것이다. 아무것도 아닌 자신을 드러 내기 위해서는 최대한 몸을 부풀려야만 한다. 작아진 괴물로 손을 뻗으려는 순간, 하강의 속도가 빨라졌다. 옆으로 건물 의 창이 열차처럼 빠르게 올라가는 것 같았다. 아까와는 다 르게 트인 하늘이 아니라, 바닥만이 눈에 들어왔다. 기분 좋 은 쏠림을 느끼며 나는 생각했다. 부딪힌다, 부딪힌다…

*

눈을 떴다. 주위에 사람들이 부산스러웠다. 나는 영문을 모 르고 눈을 깜빡였다. 느껴지는 촉감이 천 같은 것에 누워있 는 듯했다. 하늘은 바로 옆에 앉아 휴대폰 화면을 바라보고 있었다. 나는 손을 뻗어 하늘을 건드렸다.

"깼구나!"

하늘은 표정이 밝아졌다.

"여기 어디야?"

"부상자 임시 치료소. 깼으니까 됐어. 그냥 가도 되겠다. 아니면 좀 더 쉴래?"

하늘의 목소리에 추스를 새도 없이 눈물이 왈칵 쏟아졌다.

그렇게 슬픈 감정이 몰려온 게 아니었는데도 그랬다. 아마도 괴물을 마주했을 때 억눌렀던 두려움이 한꺼번에 터져 나왔으리라 생각했다. 하늘은 날 당황한 눈으로 쳐다보았다.

"분명히 괴물을 봐서, 엎드렸는데…."

"그래, 그대로 기절했었어."

나는 꿈과 현실이 애매한 순간에서 벗어났다.

"괴물은 없어졌대?"

"다리를 건너려고 하다가, 그 앞에서 다시 작게 변했어."

괴물의 최후는 보통 그런 식이었다. 아주 거대한 형체에서 쪼그라들 듯 원래의 작고 약한 생명체로 돌아오는 것. 그리고 힘이 빠져 죽는 것. 나는 그 순간 긴장이 풀렸다.

하늘이 먼저 일어섰다. 나 역시 후들거리는 다리를 일으켰다. 벌써 오후 7시였다. 우리는 침묵했다. 괴물을 만나기 전 상황이 다시금 우리를 지배했다. 그리고 나는, 언젠가 벗어야 할 허물을 벗어내기로 했다. 눈앞에서 괴물의 작은 몸체가 아른거렸다.

나는 지하철로 가는 길에 내가 서울로 도망치듯 온 이유를 설명했다. 1년간의 재수와 긴장한 채로 시험을 치러서 망친 일들에 대해. 가족에게 말할 용기가 없어서, 거짓을 말했던 일에 대해. 마지막으로 중학교 시절의 거짓 경험까지. 아주 길 줄 알았는데, 생각보다 길지 않았다.

하늘은 내 말을 고요히 듣고 있었다. 내가 오래전의 거짓말까지 전부 털어놓자, 내내 덤덤했던, 그래서 날 비참하게 만들었던 하늘의 표정이 상기되었다.

"네가 미국 유학생이든 아니든 상관없었어."

하늘의 목소리가 다소 떨렸다. 하늘은 분명히 화를 내고 있었고, 나는 오히려 이 상황이 아까보다 훨씬 낫게 느껴졌다.

"펜싱은 더 그래. 그냥 읽고 재밌네, 하고 말았단 말이야. 그냥 네가 누군지 알면 되는 거였어."

잠시의 침묵이었다. 하늘은 나를 원망하는 것 같으면서도 안타깝게 여기는 듯한 표정으로 쳐다보았다. 나는 이번에는 그의 시선을 피하지 않았다.

"아까 했던 말, 편지에 똑같이 썼었어도 이해했을 거야. 완벽히 네 기분을 알 수는 없었겠지만, 받아들였을 거야."

하늘이 말했다.

"미안해. 그래도 너랑 계속… 친하게 지내고 싶어."

나는 귀가 홧홧해졌다. 지나친 요구라는 것을 알았기 때문이다. 그러나 이번에는, 내가 누구인지 알고 싶었다는 하늘에게 나에 대한 진실을 적고 싶었다. 하늘은 그 말을 듣고 잠시 말이 없었다. 짧은 한숨이 이어졌다.

"그래, 연락해."

나는 그만 긴장이 훅 풀리고 말았다. 그게 표정에서 드러났는지, 하늘은 힘없이 옅게 웃었다. 하늘의 말이 완전한 용서인지는 알 수 없었지만, 내게는 새로운 기회였다. 이제는 정말 헤어져야 할 시간이었다.

내가 지하철역 앞에서 쭈뼛거리자, 하늘이 배웅하듯이 내 등을 계단 쪽으로 살짝 밀어주었다. 그 순간 나는 꿈속의 장면을 떠올렸다. 붕 떠서 괴물의 등 뒤로 날아오르는. 그리고 영원할 것 같은 자유의 순간에 빠져드는. 나는 계단 아래로 내려가며, 품 안에 가득 안았던 괴물의 온도를 떠올렸다.

2부

도시를 거닐며 사진을 찍다.
서로의 사진에 짧은 이야기를 붙이다.

하루

||||||||||||

김설하

조수아 가 집 가는 길, 밤에 찍다

"저녁 사이 쌓인 눈이 은은하게 빛났다"

하루

구름 위에서 수천 년 동안 조용하게 흘러가고 있던, 날씨를 관장하는 〈기지국〉이 뒤흔들린 것은 한 신입사원의 무모한 행동 때문이었다. 여느 날처럼 책상 밑으로 몰래 과자를 먹으며, 우주의 주인을 놓고 싸우는 외계 생명체에 대한 다큐멘터리를 보고 있던 운사20은 거칠게 문을 열고 들어오는 소리에 그만 살살 녹여 먹고 있던 과자를 와작, 씹어버렸다. 다행히 과자를 씹는 소리보다 문이 쾅 열리는 소리가 더 컸던 탓에, 운사20은 과자를 먹고 있었다는 사실을 문을 열고 나타난 운사14에게 들키지는 않았다. 운사14는 당장이라도 폭발할 것 같이 붉은 얼굴을 하고서 머리를 연신 쓸어넘겼다.

— 무슨 일이세요?

— 이번 신입 누가 뽑았어.

— 제가 뽑았는데요.

그 말을 듣고 운사14는 기다렸다는 듯이 소리를 빽 질렀다.

— 그럼 네가 운사44 데리고 이야기 좀 해봐! 걔가 무슨 짓을 했는지 알아?

— 네? 운사44가 무슨 일을 저질렀는데요?

운사20이 묻자 운사14의 얼굴은 더욱 붉어지기 시작했다. 이대로 가다간 무슨 일이라도 또 생겨버릴 것 같다. 운사14는 문 바로 옆에 놓인 제빙기를 곁눈질하더니 거기로 성큼성큼 걸어갔다.

— 이대로 계속 이야기하면 폭발할 것 같아. 잠시만 머리 좀 담그고.

운사 14가 머리를 제빙기에 잔뜩 쌓인 얼음 사이로 넣고 있는 사이 운사20은 도대체 운사44가 어떤 짓을 저질렀을지 생각하며, 몰래 과자 하나를 더 입에 넣었다.

잠시 후, 좁은 방에 운사44와 마주 앉은 운사20은 공연히 테이블을 톡톡 두드리고 있다. 실은 운사20은 운사44가 한 행동을 듣고 상당히 통쾌했다. 그러니까, 운사44는 한겨울에 따뜻한 바람이 불게 해 버린 것이었다. 그것은 엄연히 풍백의 영역이기에 운사44에게서 당장 운사 자격을 박탈해야 할 큰일이었지만 운사 20은 얼굴이 잔뜩 붉어진 운사14를 생각하면 어딘지 통쾌하기도 했다. 하지만 규칙은 규칙. 자신의 재량으로 운사44를 선처해 줄 수는 없었다. 운사20이 할 수 있는 일은 운사44가 자격이 박탈은 되지 않도록 죄를 축소하는 것 밖에 없었다.

— 한겨울에 따뜻한 바람을 불어버리면 어떡해. 겨울에는 찬 바람이 불어야 해. 그건 오랫동안 반복된 규칙이거든.

그 말을 내뱉으며 운사20은 자신이 하는 말이 이미 죽어 있는 고리타분한 돌덩이 같은 느낌이어서 스스로도 하품이 나올 뻔했지만 어쩔 수 없었다. 운사44는 대답이 없이 여전히 고요하게 앉아 있었다. 운사20은 그런 운사44가 답답하다. 공연히 테이블을 두드리다 운사20은 턱을 괴고 선심 쓰듯 말한다.

— 어떤 이유에서 그런 짓을 했는지 말이나 해 봐. 나도 내 직속 후배가 제명되는 건 원하지 않는다고. 기존 권력에 저항하려는 건가? 운사 시스템이 마음에 안 들어?

— ······.

— 참 말 없네. 말해 봐. 말을 해야 죗값을 줄여 주든지 말든지 하지 그렇게 계속 입을 다물고 있으면······.

— 추울까 봐, 춥지 않게 하려고······.

— 뭐?

*

어느새 다시 돌아온 겨울이다.

익숙한 것들은 쉽게 사라지지 않는다. 나는 따뜻한 카페에
서 때 이른 캐럴을 들으며 추운 겨울을 예감한다. 창밖으로
눈이 펑펑 쏟아져 내려오고, 길거리는 코트 깃을 여미며 지
나가는 사람들로 분주한 이른 겨울 풍경이다. 언제나 이즈음
이 되면 나는 무언가를 하고 싶어도 아무것도 하지 못 하는
상태가 된다. 달력을 보지 않아도 본능적으로 알고 있다. 하
루가 이 세상에서 사라진 날이 다가온다는 것을. 그래서 이
렇게 주말에 카페에 홀로 와서, 눈이 내리는 창밖을 바라보
며 끝없는 캐럴 생각에서 벗어나지 못하고 있는 것이다.

하루는 목소리가 작고, 말이 느리고, 고요한 친구였다. 대
학교 일 학년 때 들었던 수업에서 옆자리에 앉았다는 이유만
으로 우린 친구가 되었다. 하루와 달리 나는 말하길 좋아하
는 시끄러운 친구였지만 어쩐지 하루와 나란히 앉아 수업을
듣는 짧은 순간 동안 우리는 이유도 알지 못한 채 친구가 된
것이었다.

하루와 함께 있으면 주로 내가 말을 하곤 했고 하루는 내

말을 고요히 듣고선 한참 뒤에 무어라 맞장구를 치거나 웃곤했다. 하루는 어떤 말을 들으면 그에 대해 곰곰이 생각해 보고 대답을 하느라, 질문에 대한 대답을 얼마간의 시간을 두고 하게 된다는 것을 나는 나중에야 알게 되었다. 함께 학내식당에 마주 앉아 밥을 먹을 때, 내가 말을 하지 않으면 하루와 나 사이엔 으레 정적이 흘렀지만, 그 고요함이 나는 싫지 않았다. 오히려 하루와 내 사이에 있는 침묵만큼 우린 가깝다고 생각하며 침묵을 소중히 여겼다.

하루는 할 말이 있으면 조용히 내 옷자락을 끌어당겼고 옷깃에 깃털 같은 무게가 실리는 것이 느껴지면 나는 하루 쪽으로 고개를 대었다. 하루의 따뜻한 숨결과 함께 내 귀에 닿는 말들은 끊어질 듯 끊어지지 않을 듯 계속되곤 했다.

하루가 새 자취방으로 이사 갔을 때, 집들이를 가 함께 팬케이크를 구워 먹은 적이 있다. 하루는 프라이팬에 불 조절을 잘 하지 못해 그만 팬케이크 한쪽 면을 검게 태워버렸다. 혼자 있을 때 분명히 많이 구워 먹었는데, 어쩌지, 하고 하루는 나긋나긋하게 말했다. 나는 가위를 들고 탄 부분을 일일이 잘라내었다. 탄 부분을 잘라내자 하나도 익지 않은 팬케이크 단면이 그대로 드러났다. 하루의 자취방엔 큰 프라이팬이 없고, 계란프라이 하나를 구우면 충분할 작은 프라이팬밖에 없었다. 우린 인내심 있게 팬케이크 하나를 굽고, 태우고,

자르고, 다시 굽고, 다음 팬케이크를 굽고, 태우고, 자르고, 다시 구웠다. 그런데 하나를 굽고 보니 다른 하나가 식어 다시 구워 따뜻하게 만들어야만 했다. 그러다 보면 나머지 하나가 또 식어 있어 또다시 다른 팬케이크를 데워야만 했다. 그 별 것 아닌 사실이 웃겨서 우린 팬케이크를 접시에 옮겨 담으며 많이 웃었다.

— 전자레인지를 좀 사야겠어.

팬케이크 두 개를 식탁에 두고 마주 앉으며 하루가 멋쩍게 말했다.

그 뒤로 하루가 전자레인지를 샀을까, 모르겠다. 같은 서울에 살고 있어도 우리가 서로 만나기엔 다른 할 것이 너무 많았다, 고 나는 변명하지만 지금 와서 생각하기에 어떤 다른 할 것이 많았는지 아무리 생각해 보아도 떠오르지 않는다. 할 것이 너무 많다고 말하기엔 할 것들은 너무나 사소했으며 언제나 영원히 내 곁에 있을 것만 같았던 하루는 어느 날, 거짓말처럼 사라진 것이다.

카페를 나와 걷는다. 정신을 차리고 보니 하루의 집 방향으로 걷고 있다. 하루는 눈이 오던 겨울의 어느 밤에, 골목길을 달리던 차에 치여 눈이 가득 내린 골목길에 쓰러졌고 다시 일어나지 못했다. 하루가 죽어갈 때도 나는 카페에서 때이른 캐럴을 듣고 있었을 것이었다. 이런 사실을 떠올릴 때

면 나는 이것이 지독한 동화나 잔인한 거짓말 같이 느껴지
고, 사소한 이야기를 조용히 늘어놓는 하루의 숨결이 금방이
라도 내 귀에 따뜻이 닿을 것만 같은 착각에 빠지곤 한다.

하루의 집 앞 골목에 도착한다.

밤늦은 시간의 길거리엔 사람이 한 명도 없다. 나는 문득,
쌓인 눈 위에 웅크리고 눕고 싶어진다. 가방을 벗어 쌓인 눈
위에 둔다. 눈이 가득 내려 쌓여있는 거리에 무릎을 꿇고 앉
았다가 천천히 옆으로 누워 본다. 오른쪽으로 뒤집힌 세상은
금방이라도 무너질 듯이 위태롭다. 땅이 솟아올라 왼쪽으로
붙고, 골목길은 오른쪽으로 기어가는 것처럼 보이고, 세로로
늘어뜨린 전선들과 가로로 서 있는 아파트들, 자동차들. 모
두 눈 위에 우두커니 서 있다. 하루가 마지막으로 본 세상이
이런 모습이었겠구나, 생각한다. 너무 별 것 아닌 풍경이야.
눈을 감는다. 왼쪽 귓바퀴를 타고 녹은 눈이 흘러들어온다.
겨울옷 사이로 드러난 목덜미가 서늘하고, 옷 사이사이로 눈
이 스며들며 온몸이 얼음물에 담근 듯 시려 온다. 이렇게 추
웠겠구나. 하염없이 눈이 내리던 날에. 눈을 감고 생각한다.

따뜻한 바람이 불어오기 시작한 것은 그때였다.

옆으로 누워 있던 나는 땅을 짚고 고개를 든다. 하늘에서는
여전히 굵은 눈이 쏟아지지만 땅에 닿기도 전에 눈들은 녹아
버린다. 바닥엔 온통 눈이 쌓여있고 땅을 짚은 손은 추위로

얼얼한데, 한겨울에 따뜻한 바람이 불어오고 있었다. 바람은 내 귀를 간지럽히며 오래도록 머물다가 사라지길 반복한다. 눈 내린 골목길은 온통 고요하고 나는 따뜻한 바람이 불어오는 하늘을 바라본다. 그것이 꼭 그 아이의 숨결 같다는 생각을 하며 내 입술이 벌어지고 슬픔에 잠겨 하루의 이름을 작게 불렀을 때, 바람은 내 온몸을 감싸 안는다.

*

다시 회의실로 돌아갔을 때도 운사14는 제빙기에 머리를 처박고 있었다.

— 이젠 머리 빼세요.

말을 해도 돌아오는 대답이 없다. 운사20은 운사14의 어깨를 잡고 힘껏 끌어당겼지만 어쩐지 미동도 하지 않았다. 운사20은 운사14의 어깨를 당기고, 한쪽 발로는 제빙기를 밀었다. 그러자 퐁! 하는 소리와 함께 운사14의 머리가 얼음 더미에서 빠졌다. 운사14의 머리는 추위 때문인지 시퍼렇게 질려 있었고 얼굴엔 눈이 내린 것처럼 하얀 얼음 결정이 수북했다.

— 얼음 털어요. 턱 끝이랑, 눈썹 쪽에.

운사14는 운사20이 이미 운사44를 만나고 왔다는 사실조

차 모르는 듯했다. 얼음을 털어내더니 운사14는 어쨌든 말이야, 그 신입 잘 처리해, 라는 말을 남기더니 문을 열고 사라졌다.

운사20은 자리로 다가갔다. 칠이 다 벗겨진 의자 하나와 앞에 놓인 모니터. 책상 밑엔 작은 쓰레기통 하나가 있고 책상엔 아까 먹다 흘린 과자 부스러기가 이리저리 흩뿌려져 있다. 쓰레기통에 과자 부스러기를 쓸어 버리고 서랍을 열고 아까 먹다 남은 과자를 꺼냈다. 모니터를 켜고 보다만 다큐멘터리를 다시 재생시켰다. 외계인 집단이 우주의 패권을 놓고 다투는 이야기 말이다.

S행성 외계인이 H행성 외계인을 무찌르는 것을 입에 과자를 집어넣으며 관성적으로 보다가, 운사20은 영상을 멈추고 문득, 눈이 내린 골목에 눈물 가득한 얼굴로 비스듬히 누워 있었다는 한 인간 생각을 했다. 운사44가 인간이었을 때나 지금이나 사랑해 마지않는다는 그 인간의 이야기가, 운사44가 늘어놓았던 별 것 아닌 그 사소한 인간들의 뒷이야기가 하염없이 듣고 싶어지는 것이었다.

새의 문제

|||||||||||||||||||||||||

윤지혜

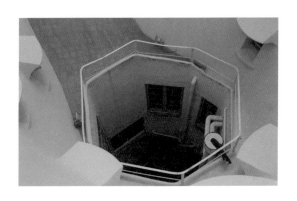

<u>이해일</u> 이 <u>스페인 여행 중에</u> 찍다

"이 안에서 오갔을 말들이 궁금했었다."

새의 문제

세상이 아직 주술과 예언, 환상적인 이야기에 젖어 있던 시대에, 이성으로 이 세계의 미망을 씻어보리라 결심한 여섯이 있었다. 이들은 날이 저물면 버들 길 구석이나 느릅나무 뒤에 숨어 새로운 발견을 쑥덕이고 이 세상을 한탄했다. 이들은 어둠을 광명으로 불 지필 날을 손꼽았다.

어느 날, 때가 왔다. 지평선 끝에 걸린 태양이 신전과 돌기둥을 금빛으로 물들이던 저녁, 이 여섯은 제단에 들이닥쳤다. 갓 죽은 암퇘지를 앞에 두고 제사장이 막 청동방울을 흔들려던 참이었다.

"그대들이여- 신은 죽었다! 이성의 시대가 도래했다!"

여섯은 외쳤고, 이 신성하고 중요한 의식이 중단된 데 성이 난 신도 하나가 괴성을 지르며 제물 옆에 놓여있던 청동 검을 뽑아, 그들 중 한 사람을 옆구리부터 오른 어깨까지 대각선으로 갈랐다. 고꾸라진 그의 피가 암퇘지의 피에 섞여 들었고, 칼을 든 신도와 제사장, 다른 군중들 모두 눈앞에서 벌어진 잔혹한 참극에 도망치듯 자리를 떴다.

남은 다섯 사람은 시신을 수습하려 해 보았지만 이미 땅은 피와 분비물들로 흥건했고 그 붉음은 섬뜩한 냄새를 풍겨 다섯은 몸만 움찔거리다가 제단에 놓여있는 노란 천을 죽은 자 위에 덮어두었다.

"위대한 동지, 인류의 희망이여."

이들은 두 손가락에 입을 맞추어 하늘을 향해 들었다. 그리고 뒤를 돌아 숲을 향해 빠르게 걸어갔다. 뒤에서 노란 천은 점점 부풀었다. 몇 발짝 나아가지 않아 이들 중 한 사람이 쪼르르 제단을 향해 뛰어왔는데, 그 사람은 소크라테스였다. 소크라테스는 제사장이 놓고 간 청동방울을 챙겨 옷소매 사이에 넣고 나머지 넷을 따라갔다.

숲에 도달한 이들은 언덕 위 공터에서 멈추어 섰다. 잠깐 앉아보소, 한 사람이 말했고 이들은 자리를 잡았다. 엉덩이 아래 낮게 자란 풀에는 새벽의 이슬이 채 마르지 않아 옷은 축축해졌다.

"이제 어떡하면 좋을까?"

여러 방안들이 이야기되기 시작했다. 해가 저물어 갈 무렵 이들은 숲 속 더 깊은 곳으로 들어갔다. 세상이 받아줄 때까지 일단 물러나 연구를 일삼을 작정이었다. 새로운 터전을 찾아 삼일 밤낮의 노정이 계속되었다. 그리고 우중충한 하늘에서 빗방울이 한 둘씩 떨어지던 어느 새벽, 넓은 활엽수 잎 사이로 성채처럼 우뚝 솟아있는 한 건물을 보았다. 벽은 세월로 누렇게 바래있었지만 사람이 충분히 지낼 수 있어 보였다. 이 건물에는 여러 방들이 있었고, 이들은 각자 한 방씩 찾아 들어갔다.

이 다섯의 이름은 소크라테스, 엠피스트, 파이아데스, 펠로포니소스, 그리고 우르스트였다.

훗날 철학자의 집, 이라 불리게 되는 이 공간의 벽들 사이로는 하루의 중단도 없이 열띤 말들이 오갔다. 어느 조용한 오후, 소크라테스는 몰래 각진 건물의 중앙에 긴 줄을 매달았고, 그 아래에 소매에 숨겨두었던 청동방울을 달았다. 이제 대화는 누군가 창문을 열고 막대기로 그 줄을 건드리는 것으로 시작되었다. 종소리가 들리면 다섯은 창가로 향했고 열린 창을 통해 서로의 목소리를 들었다. 그렇게 각자 사색하고 함께 토의하며 그 집은 쉴 틈 없이 북적였다.

이를테면 이런 식이었다.

"우리가 개미라고 부르는 생명체들은, 사실 각각이 하나의 세포인 것 같소. 36일 동안 관찰해본 결과 이들은 집단의 질서를 위해서 갑자기 죽기도 하오. 이들의 생명은 더 큰 단위로 진행되는 것 같다 이 말이오."

"하지만 그게 가능할까? 그들의 몸은 다 분리되어 있는데?"

파이아데스는 대개 귀를 후비며 퉁명스럽게 있다.

"그래서 나는 가정해보았소. 우리 눈에 보이지 않는 물질- 이제부터 이걸 '베케르'라고 부르겠소- 그러니까 이 베케르가 이들을 다 묶고 있는 것이라면? 그래서 우리가 보는 개미들은 사실 베케르라는 생명체의 세포들일 뿐이라면? 그러니까 어떤 생명들은 세포를 이리저리 흩어 놓으며 살아갈 수도 있는 것이라면?"

"이 베케르가 어디 있는데. 보여주시오. 혹은 느끼게 해주시오. 그래야 알지."

엠피스트는 베케르를 느낄 수 있는 여섯 가지 방법에 대한 말을 이어 나간다.

이 둘의 큰 목소리 뒤로 우르스트의 말 "나는 개미 여섯 마리를 키우고 있어요."가 묻힌다.

하지만 당신이 새라면, 이 조잘조잘 시끄러운 소리들을 알에서 갓 나온 새끼들의 울음소리와 구별하느라고 짜증을 낼지도 모른다. 이 건물에는 이들만 사는 것이 아니었다. 개미는 물론 그 동네의 새들이 이 각진 벽 안에 둥지를 틀었기 때문이다.

 -누가 나를 위해 나뭇가지들을 가져다 놓았군. 참 편하게 이사할 수 있겠어.

 잎이 달랑거리는 가지를 물고 날아가던 새가 육각형의 벽을 내려다보고 생각했다. 새는 원형 활강을 하며 꼭 둥지 같이 생긴 건물 한가운데에 제자리 날갯짓으로 내려앉는다. 그리고 새는 알을 낳고, 알은 새가 되고, 새는 또 다섯 개의 알을 더 낳았다.

 어느 날 방울이 울렸다.
 "새가 다섯 개의 알을 낳았소."
 펠로포니소스가 말했다.
 "그렇지만 우리 눈에 이 알들은 잘 구분이 되지 않는데, 그래서 우리가 한 알을 다른 알로 착각하게 되고 한 알을 다른 알처럼 대한다면, 이 알들에는 과연 차이가 있는 것일까? 다시 말하자면 우리의 인식이 분간하지 못하는 차이는 존재한다고 할 수 있냐는 말이오."

"하지만 저 알들은 알겠죠. 나와 너는 다르다는 걸. 그러면 우리는 미처 분간하지 못해도 차이는 존재한다고 할 수 있지요."

파이아데스가 말한다.

"좋은 지적입니다. 허나" 하며 창 너머에서 듣고 있던 엠피스트가 창문을 반쯤 열고 벽에 기대어 느긋하게 말한다.

"알들에게 의식이 있을까요? 알들은, 자기 존재를 인식하고 있을까요? 알들은, 자기와 다른 알 간의 차이를 알고 있을까요? 아니죠. 알들은 아무 생각이 없어요. 알들 스스로조차 분간할 수 없다면 사실 알들 간의 차이는 존재하지 않는 것일 테지요?"

"엠피스트. 당신은 하나만 보고 둘은 못 보는구려. 알일 때는 서로 차이가 없다가 알에서 깨어나 의식이 있는 새끼가 될 때부터 갑자기 없던 차이가 생긴다는 것입니까? 알이나 새끼나 저렇게 다른 개체로서 있는데요?"

우르스트는 듣다 보니 그러한 것 같다.

소크라테스는 듣다 보니 이건 참 난제다.

"난제다",

이들은 동의했다. 이들은 침묵했다.

그러다 펠로포니소스가 손가락을 튕긴다. 그 소리가 피뢰침처럼 하늘로 울려 퍼진다.

"이름을 붙입시다."

"명답이다",

이들은 동의했다.

그리하여 알들에는 소크라테스, 엠피스트, 파이아데스, 펠로포니소스, 그리고 우르스트라는 이름이 붙었다. 헷갈리는 것 아닙니까? 해서 알에 표시를 하자는 의견이 나왔지만 "인간의 손이 닿는 것은 알의 존재와 정체성에 결정적인, 그리하여 총체적인 변화를 가져올 수 있을 수 있으므로", 하고 파이아데스가 반론을 제기했고, 투표 결과 세 사람의 반대와 한 사람의 기권으로, 알은 손톱만큼도 건드리지 않기로 하고 내버려 두었다.

어제의 펠로포니소스가 오늘은 우르스트가 되었고 사일 뒤에는 엠피스트가 되었다. (혹은 그랬을 것이라 추정한다) 알들의 차이는 구분되었는가 하는 문제는 그 다음 난제, 혹은 최대 난제라고도 부르는 난제- 알이 먼저인가 새가 먼저인가- 에 밀려 까마득하게 잊혀졌다. 매일 새벽닭이 울기도 전에 종이 울려 누군가 창을 열고 잠긴 목소리로 밤잠을 설치게 했던 논변을 뱉었고, 말이 끝나기 무섭게 창문이 속속 열리면서 헝클어진 두상들이 튀어나왔다.

그 사이 새는 알을 낳고 알은 새가 되었다. 펠로포니소스와 소크라테스는 (혹은 우르스트와 파이아데스는) 날아갔고 엠피스트는 (혹은 펠로포니소스는) 새끼를 낳았고 파이아데스는 요절했고 (그는 상한 과일을 먹고 식중독에 걸려 운명했다) 우르스트의 행방은 아무도 알지 못했다.

어느 가을의 오후, 건물은 각을 잡은 채 꼿꼿이 서있다. 세월이 배어 벗겨진 벽은 울긋불긋하다. 보루 같이 높은 여섯 벽 안으로 한 줄기 바람이 불어 들어온다. 바람은 벽과 벽에 부딪히고 돌고 돌아 낙엽들 사이에서 부스럭거린다. 어느덧 어둡고 탁해진 청동방울은 한 가운데에 여전하다. 바람은 종을 스치고 익숙한 맑은 소리가 울린다.

벽들이, 창들이, 수군대기 시작한다.

다리 밑에 간을 널고

|||||||||||||||||||||||||||||||||||||||||||||||||||||||||||||

이해일

<u>김설하</u> 가 <u>무한히 태어나는 공간을 상상하며</u> 찍다

"맞닿은 거울, 이상, 비르하켐, 보르헤스, 동작대교."

다리 밑에 간을 널고

매주 세 번씩 나는 한강 다리 아래 벤치에 내 장기를 널어 말리곤 했다. 그것은 다음 출근을 대비하는 직장인의 성스러운 의식이었다. 나의 위, 대장과 소장, 간, 쓸개, 이자를 가지런히 정리해 벤치에 늘어놓으면 선선한 바람이 들며 꺼내지 않은 폐에까지 헛꿈 같은 편안함이 스몄다. 한강 둔치를 달리고 내가 쉬어가는 다리 밑은 해가 강하지 않아 장기를 말리기 좋았다.

나는 한 카드사 콜센터에서 일하고 있었다. 전화를 걸어오는 사람들은 이미 무언가 문제가 있는 경우가 많았으므로 대부분은 짜증으로 가득 차 있었다. 점잖게 시작한 사람들마저

죄송합니다 고객님, 을 몇 번 듣고 나면 돌변하기도 했다. 나는 내가 죄송하다고 하면 할수록 사태가 악화된다는 것을 잘 알고 있었지만 어쨌든 매뉴얼에는 죄송하다고 해야 한다고 써 있었으니까 죄송하다고 하는 수밖에 없었다. 죄송하다, 그것은 마치 버릇처럼 내게 들러붙었다.

달리기를 시작한 뒤에는 조금 견딜 만했다. 나는 한강을 달리며 전화로 들은 욕을 강물에 내다 버렸다. 그리고 마지막으로 도착하는 다리 아래 벤치에서 장기를 꺼내 몸속에 쌓인 것들을 털었다. 원래는 사람을 만나 욕이니 불순물이니 하는 것을 털고 알코올로 장기를 씻곤 했다. 그럴 때마다 몸속은 무언가가 기화되어 날아가는 것처럼 홧홧해졌다. 예전에는 그것이 마음의 결린 부분이 풀어지며 드는 느낌이라고 생각했는데, 지금 생각하면… 그냥 고량주 때문이었던 것 같다. 친구들은 나에게 앞다투어 퇴사를, 조금 더 분별 있는 자는 이직을 권했다. 전망이 없잖아, 안 그래? 그런 일들은 이제 기계가 하게 될 거야. 그렇구나. 하지만 아무도 언제 그렇게 될지는 대답하지 못했다. 그러면 나는 그때 뭘 하지? 나는 다시 물었다. 누군가 대답했다. 그러니까 지금 이직을 하라는 거잖아. 그건 답이 아니라 질문의 출발 지점이었지만 계속해서 그 이야기를 할 수는 없었으므로 우리는 자연스럽게 넘어갔다. 장기를 말리기 시작한 뒤에는 적어도 그런 의미 없는 말은 덜 하게 되었다.

도마뱀을 만난 것도 다리 밑에서 장기를 널면서였다.

그날 달리기를 막 끝낸 나는 벤치 앞에서 몇 번 숨을 고른 뒤 위를 꺼내놓았다. 간과 쓸개, 이자까지 꺼낸 뒤 창자를 꺼내려는데 강 쪽에서 웬 도마뱀 같은 것이 나를 보고 있었다. 나는 창자를 다시 집어넣었다. 곧 가겠거니 생각한 그 생명체는 나를 계속 쳐다보았다. 나를, 벤치를, 벤치에 놓인 나의 장기를, 그리고 나와야 할 창자까지 꿰뚫어보는 것 같은 눈빛이었기 때문에 창자 꺼내기가 여간 주저되는 것이 아니었다. 하지만 모두를 잘 말리지 않으면 무릎 아래만 축축한 청바지를 입고 걸어 다니는 느낌일 게 뻔했다. 나는 결국 그것이 보는 앞에서 대장과 소장을 널고 벤치에 앉았다.

도마뱀은(도마뱀처럼 생겼으므로 편의상 그렇게 부르자) 내가 자리를 정리하고 떠날 때까지 나를 지켜보고 있었다. 나는 도마뱀이 그곳에 있었던 것이 우연이 아니라는 느낌을 받았다. 그리고 그 느낌은 거의 확신으로 바뀌어 갔는데, 도마뱀이 그 주 내내 그곳에 있었기 때문이었다. 도마뱀은 벤치에서 강물 쪽으로 조금 떨어진 곳에서 가만히 나를 바라보았다. 장기를 뺐다가 다시 넣는 나의 의식에서 도마뱀은 더는 거슬리는 것이 아니었다. 오히려 그동안 도마뱀이 나를 지키고 있는 것처럼 느껴졌다.

나는 도마뱀에게 작게 물어보곤 했다. 다른 일을 찾아야 하는데, 어떤 걸 하면 좋을까? 도마뱀은 대답하지 않았고, 그것은 사람 말을 할 수 없기 때문일 테니 인간에게 묻는 것보다는 나았다. 저희 담당이 아니라서요, 가 잠시만 기다려주시겠어요? 보다 나을 때가 있는 것처럼. 물론 도마뱀은 담당자를 연결해주지는 못하겠지만.

내가 그 작은 생물과 결속된 것 같다는 허튼 생각에 점점더 재미를 붙여 갈 즈음, 비가 내리기 시작했다. 비는 거의한 주에 걸쳐 길게도 왔다. 당연히 달리기도 하지 못했고 오장육부가 찌뿌듯했다. 말리지 못한 장기에 습기가 차 곧 곰팡이가 필 것 같았다.

장기를 말리고 벤치를 떠나야 하는 마지막 순간에는 상쾌해진 내 위며 창자 같은 것을 다시 몸속에 집어넣었지만, 일을 할 때는 그것들이 아직 한강 다리 밑 벤치에 있을 거라고생각하곤 했다. 전화기가 놓인 책상 앞에서 살아남기 위해서는 나의 아주 중요한 무언가가 없는 것처럼 행동해야 했다.이를테면, 배알도 없는 인간이 되는 것. 또는 간이나 쓸개 같은 것이 없거나. 어떤 이들은 내 부모님이나 성기의 안부를물어 왔는데, 그럴 때는 그것들도 아주 없다고 생각하는 편이 나았다. 역시 이 자리는 미래의 기계들에게 맡기는 것이좋지 않나, 싶으면서도 당장은 그러지 않아도 된다는(혹은 그럴 수 없다는) 사실이 마치 안락한 관 같았다. 하지만 얼결에 그 안에 들어갔다고 해서 정말로 죽고 싶은 것은 아니니까, 없는 척을 해야만 했다.

그러나 오래간 내린 비로 장기는 자신의 '있음'을 과한 수분으로 주장하기에 이르렀다. 인간의 70퍼센트는 물이라지만 이건 좀 너무하지 않나, 맑은 물도 아니면서, 그런 수준으로. 온 내장이 습기로 축 늘어져 끈적거렸다. 나는 혈관에 오물이 흐르거나 내장 사이에 모욕이 비계처럼 껴 있는 것을 상상하고 혼자 소스라쳤다.

어쩔 수 없이 금요일 저녁에는 예전처럼 사람을 불러내 알코올로 속을 씻었다. 나는 중국요리를 집어먹으며 K에게 내가 한 주 동안 얼마나 하지도 않은 일에 대해 죄송해했는지를 늘어놓았다. K는 술이 들어가 잔뜩 냉소적으로 변한 말투로 이야기했다. 근데 그렇게 속 없는 말을 들으면 기분이 나아진다니?

그것이 K의 의도는 아니었겠지만, 내게 그 말은 진심으로 고객을 대해야 한다는, 늘 성의가 있어야 한다는 팀장을 떠올리게 했다. 그는 언젠가 내게 텅 빈 사람 같다고 말했다. 대단히 의미 있는 인간적 성찰이나 무심한 듯 건네는 위로 따위가 아니라 그냥 일할 때 집중을 안 하네 뭐 그런 뜻이었지만, 어쩌면 그는 중요한 것을 다리 밑에 두고 온 듯 일하는 나를 바로 본 것인지도 몰랐다. 하지만 정작 그런 말을 들은 순간에는 내가 창자뿐인 것처럼 느껴졌다. 다리 밑에 두고 온 내장들은, 그것들은 나의 것인데, 사실은 그것들만이 나의 전부인 것처럼. 나는 먹여 살려야 할 나 그 이상도 그 이하도 아니고, 그래서 나는 내게 죄송해할 시간이… 없다. 어지러운 머리와 홧홧해지는 속을 붙들고 집에 들어와 쓰러졌다. 숙취로 토요일을 반 이상 날렸고(위를 꺼내고 싶었다), 오늘은 점심 즈음 눈을 떴다. 눈을 뜨자마자 아, 내일은 월요일이다, 하는 생각에 떠밀려 밖으로 나왔다.

내가 내장을 말리던 다리 밑은 놀랍게도 강물로부터 안전했다. 지대가 조금 높은 곳이기도 했고 강물이 불어나는 속도가 생각보다 느려서인 듯했다. 하긴 비가 계속 왔다 뿐이지 많이 온 것은 아니니까. 바깥쪽에는 움푹 파인 콘크리트에 물이 고여 있었지만 벤치 쪽에는 비가 전혀 들이치지 않았다. 나는 우산을 접고 멍하니 강물을 바라보았다. 도마뱀은 보이지 않았다.

달리기는 하지 않았지만 나는 평소에 하던 것처럼 장기를 꺼내 널었다. 공기가 좀 습하더라도 강바람을 쐬어 두는 것이 나을 것 같았다. 어제 숙취에 시달리느라 무엇을 제대로 먹지 못한 위는 꽤 작아져 있었다. 나는 빈 몸 안으로 바람이 들고나는 것을 느꼈다. 사실 이것저것 제하고 나면 사람의 몸은 하나의 긴 통로나 다름없는 것이 아닐까.

나는 벤치에서 일어나 강 쪽으로 갔다. 도마뱀을 찾아보고 싶었다. 그것이라면 나에게 산뜻한 무응답을 줄 거라는 생각이 들었다. 다리에 가려지지 않은 강에는 비가 끊이지 않고 떨어지며 잔물결을 그었다. 그 외에는 눈에 들어오는 움직임이 없었다. 나는 도마뱀이 그것을 듣고 자신을 말하는 것인지 알 리가 없다고 생각하면서도 실없이 애, 애 하고 불러 보기도 했다. 하지만 어디에도 도마뱀은 없었다. 하긴 비가 오니 어디든 피해 있는 것이 좋겠지. 조금 실망하여 다시 벤치쪽으로 돌아섰을 때, 나는 도마뱀을 발견했다.

도마뱀은 내 간의 한 귀퉁이를 떼어 물고 있었다.

그것이 도마뱀의 목울대를 울리며 넘어가는 순간, 도마뱀은 놀란 듯 그 자리에 굳었고 나는 뛰어가 도마뱀을 잡았다. 어디서 그런 속도가 나왔는지 알 수 없었다. 아 그래, 달리기 연습을 했지. 하지만 이러자고 한 것은 아닌데. 도마뱀은 내 손 안에 눌려 바둥거렸다. 나는 도마뱀을 세게 움켜쥐었다. 마치 도마뱀을 터트리면 내 간 조각을 다시 꺼낼 수 있다고 생각하는 것처럼. 도마뱀은 입을 벌렸고, 간을 뱉어내는 대신, 말했다.

미안해!

나는 도마뱀의 얼굴을 바라보았다. 도마뱀의 표정은(눈코

입이 있으니 표정이라고 부르자면) 놀랍도록 선명했다. 나는 갑자기 이 생명체가 낯설어졌다. 인간의 말을 할 줄 알았다 니. 배신감이 들었다. 도마뱀은 작은 이빨을 드러내며 말했 다.

인간은 간을 조금 떼어줘도 살 수 있다고 들었어.

어처구니가 없었다. 나는 무슨 표정을 지어야 할지 알 수가 없다가, 멋대로 꿈틀거리는 안면근육을 진정시키고 입을 열 었다.

그게 떼어먹어도 된다는 뜻은 아니지.

먹지 않았어. 내 뱃속 주머니 안에 저장되어 있어.

그게 그거지. 나는 손아귀에 다시 힘을 주었다. 도마뱀이 캑캑거렸다.

아냐. 이건 용왕님을 드릴 거야.

용 뭐? 나는 바라보면 이해가 되기라도 하는 것처럼 도마 뱀을 빤히 쳐다보았다. 도마뱀은 주위를 둘러보려고 애쓰며 말을 이었다. 그러니까 자기는 용궁의 창고 문지기인데, 용 왕이 간을 구해 오는 자에게 높은 벼슬을 약속했다는 것이었 다. 그래서 무턱대고 밖으로 나왔다가 널 봤지, 간만 구해 가 면 사정이 훨씬 나아질 텐데 너라면 안 그랬겠니?

나는 귀퉁이가 떨어져 나간 내 간을 바라보았다. 오늘따라 간은 더 시뻘겋게 보였다. 용궁에서는 저것이 뭐, 약으로 쓰이나? 떨어져 나간 간 덩어리가 있어야 할 뱃속이 쓰렸다. 나는 간이 떼어주어도 괜찮은 장기라는 것에 안심해야 하는지 고민했다. 도마뱀이 고개를 쳐들었다.

네가 간을 줘서 생명을 살리는 거야, 그… 장기 기증 같은 거지.

그게 무슨… 용왕이 장기 기증이 필요하다고?

아니, 용왕님은 간을 별미로 드셔.

내가 간신히 나를 다스리며 도마뱀에게 할 욕을 고르는 동안 도마뱀은 내 눈치를 살피며 덧붙였다. 내 말은… 나를 살리는 거라고. 벼슬이 높아지면 나도 사정이 나아지니까… 그, 대신이라고 하기는 좀 그렇지만, 나는 미래를 볼 수 있어. 질문 하나에 답해 줄게.

나는 이것에게 간을 주겠다고 한 적이 없지만, 그런 장기 기증 절차에 대해서 설명한들 도마뱀 뱃속의 간이 도로 나올 것 같지 않았다. 이 상황에 최선은 이성적인 현대인이라면 반사적으로 나올 만한 질문을 하는 것이었다. 그럼 다음 주 로또 번호 알려줘.

도마뱀은 몇 차례 눈을 끔벅거리더니 고개를 저었다.

미안. 그게… 예 아니요로 답할 수 있는 것만 말해줄 수 있어. 용궁 법에 어긋나거든.

죄송합니다, 회사 규정상… 으로 대답하는 것이 어째서 상황을 악화시키게 되는지 이해가 되려고 하면서도 그걸 이해하려는 자신은 이해가 가지 않았다. 어쨌거나 여기는 용궁이 아닐뿐더러, 인간 세상의 규칙으로 말하자면 불법적으로 간을 털린 사람은 나인데. 나는 주관식이 아닌 질문을 찾아내려 머리를 굴렸다.

궁금한 것이 떠오르지 않았다.

이직을 하면 좋을지 물어볼까. 그러나 그렇다고 해도 어디로 갈지는 알 수 없다. 아니라고 하면 그것만큼 절망적인 답변도 없을 거였다. 내가 십 년쯤 뒤에는 집을 사는지 물어볼까. 아니, 그 대답은 내가 잘 알고 있었다. 그러면 내년은 올해보다 나을지 물어볼까. 하지만 내년이 올해보다 나쁘다고 하면 분명히 기분이 나쁘겠지. 내년이 올해보다 낫다고 해도 마찬가지였다(어쩌라는 건지). 나 이직할까, 나 회사 계속 다닐까, 그런 것들은 아주 커다란 풍선 같은 질문이었다. 어딜 가도 눈에 들어오지만 속에 든 것은 금세 빠져나갈 공기뿐인 것. 아무도 내게 답을 주지 않았고, 누가 옳은 답을 주더라도 그 진위를 의심하고 의심하다가 결국 또 어디 사지에 가서야 가까스로 되돌아 나올 것이었다. 그리고 무엇보다도.

나는 미래가 궁금하지 않았다. 그 생각이 퍼뜩 나를 쓸고 지나갔다. 지나간 자리에는 내게 들러붙은 현재만이 남았다. 찝찝하고 축축한 것이. 나는 뱃속이 더할 나위 없이 허해짐을 느끼며 벤치를 내려다보았다. 내 파먹힌 간과 창자와 다른 장기들이 아직도 더운 습기와 피로를 머금고 그곳에 널려 있었다. 나는 천천히 손에 힘을 풀어 손바닥을 폈다. 도마뱀은 놀란 듯 다리를 살짝 움직였다. 나는 도마뱀에게 물었다.

다음 주에는 비가 그칠까?

도마뱀은 나를 빤히 바라보다가,

고개를 끄덕였다.

상가 이야기
||||||||||||||||||||||||||||

조수아

윤지혜 가 　부산 영도에서　 찍다

"모짜르트도 로미오와 줄리엣도
클라라 보라 유라도 있는 곳"

상가 이야기

우리 아파트 근처에는 오래된 상가가 있었다. 아파트는 자주 페인트칠도 하고, 이것저것 외관 공사를 하는 통에 오래된 태가 그다지 나지 않았지만, 상가는 지금은 찾아보기 힘든 붉은 색 벽돌 건물이어서 그런지 더욱 오래되어 보였다. 상가에는 초등학생들을 대상으로 한 주판학원, 피아노 학원, 미술학원을 비롯해 국·영·수 종합학원까지 있었는데, 나는 초등학교 1학년 때부터 상가의 학원들을 전전했다. 엄마는 내가 아직 어리므로 피아노를 가르쳐야 한다고 생각했고, 아빠는 어릴 때부터 수학을 잡아야 한다고 주장했으며, 미술학원은 내가 다니고 싶다고 졸랐다. 나는 학교가 끝나면 종합

학원에서 세 시간 있다가, 월·목은 피아노 학원, 화·금은 미술학원에서 또 두 시간을 보냈다. 덕분에 나는 학교가 끝나자마자 집으로 뛰어가는 아이들보다는 훨씬 많은 사람을 만나는 편이었다. 학원 선생님과 아이들만 합쳐도 오십 명이 넘었을 테니까. 그중에서 내 기억 속에 아득히 남아있는 몇몇 사람들이 있다.

초등학교 3학년 때, 대학교 졸업반 정도로 보이는 수학 선생님이 새로 왔었다. 선생님은 지성 피부라 이마며 코며 하는 얼굴 부위가 쉽게 기름졌었다. 어릴 적 나는 지성이며 건성이며 하는 피부의 특징을 알지 못했고, 그저 선생님 얼굴이 참 번들거린다고 생각했다. 게다가 선생님이 우리를 바라보는 시선은 왠지 느끼했고, 말도 어딘가 과장이 가득 차서 만화에서 보는 얄미운 사기꾼처럼 느껴졌다. 선생님은 수도권의 모 대학교에 나오셨고(개인정보 보호를 위해서가 아니라, 본인이 안 밝히셨다), 곧 대학원에 갈 예정이라고 하셨다. 그리고 시간이 날 때면 본인의 특정 과목 학점이 얼마나 높았는지, 어학연수를 다녀온 것은 어땠는지에 대해서 이야기하는 걸 좋아했다. 나는 속으로 '그래서 어쩌라고'를 외쳤지만, 솔직히 선생님 입에서 흘러나오는 미국 이야기는 참 부러웠다. 선생님의 전공과 인생사, 그리고 초등학교 수학을 조금씩 알게 되면서 1년은 금방 지나갔다. 4학년 겨울방학의 어느 날, 선생님은 수업을 분필을 내려놓으며 수업을 십 분 일찍 마치겠다고 선언했다.

나는 전부터 이미 졸고 있었고, 수업이 마치자 냉큼 엎드렸다. 잠결에 선생님이 무슨 말을 하는 소리가 들렸고, 아이들이 동시다발적으로 '에에~'하는 소리에 얼핏 잠에서 깼다. 그때 선생님이 내 이름을 불렀다.

"오희연! 선생님 마지막인데 계속 잘래?"

"네? 뭐가 마지막인데요?"

나는 얼른 몸을 일으켜서 졸린 목소리로 대답했고, 아이들은 언제 아쉬운 소리를 냈냐는 듯 또 웃음을 터뜨렸다.

"수업 마지막이라고오."

마음에 들지 않는 대답에 말을 끄는 건 선생님의 버릇이었다. 선생님은 성적 잘 받으려면 졸지 말고 열심히 공부하라며 나에게 잔소리했고, 내 반응이 신통치 않자 꼬박꼬박 대답해주는 몇몇을 붙잡고 비슷한 핀잔(을 빙자한 장난)을 주었다.

"선생님, 저희 대학 가면 맛있는 거 사주세요."

"사주세요!"

잔소리를 듣던 아이들이 그렇게 외쳤고, 선생님은 흔쾌히 그러겠노라고 했다. 그러면서도 "그때까지 너희가 나를 기억이나 하겠냐…"며 중얼거렸다. 한 교시가 끝났음을 알리는 종이 울리자, 선생님은 미련 없이 가방을 들고 나갔다. 이 근처에 살지도 않았는지, 정말 그 이후로는 상가 안에서 선생님을 보는 일은 없었다.

언제였나, 피아노 학원에 대학생은 훌쩍 넘어 보이는 삼촌에서 아저씨뻘의 분이 등록한 적이 있다. 나이가 꽤 있었는데도 우리처럼 일주일에 한두 번은 꼭 피아노 학원에 왔다. 친구들과 저 사람은 왜 피아노를 배우는 걸까에 대한 토론을 했었는데, 결론은 '피아노를 엄청나게 사랑해서'로 나게 되었다. 그렇다고 피아노를 '어른처럼'(그 당시 피아노 학원의 어른은 전부 선생님이었으므로) 잘 친다기에는 실력이 우리보다도 한참 떨어져서, 짓궂은 아이들 몇몇은 그 삼촌을 은근히 놀리곤 했다. 그러나 삼촌은 자신을 삼촌이라고 부르라고 할 만큼 우리를 친근하게 대해주었고, 심지어 가끔은 초등학생에게 상급 음식이었던 떡볶이나 빵 같은 것들을(하급 음식은 불량식품이다) 사 와서 뿌렸다. 그럴 때마다 허겁지겁 음식을 먹어치우면서도, 왜 저 삼촌이 우리에게 잘해주는지를 이해하지 못해서 갸웃거렸다. 그때까지 내게 과하게 친절한 어른들은 전부 친척이거나, 선생님이라고 생각했기 때문이다.

"삼촌은 왜 피아노 쳐요?"

어느 날은 삼촌의 피아노 방을 흘끗흘끗 훔쳐보다가, 삼촌이 우리에게 말을 건 틈을 타서 물었다. 삼촌은 잠시 머뭇거리더니, "계속 배워보고 싶었거든."이라고 대답했다.

"에이, 너무 늦은 거 아니에요?"

나는 대개의 초등학생이 그랬던 것처럼, 퉁명스럽게 대답하는 게 선을 넘지 않는 친근함의 표시라고 생각했다. 게다가 전의 질문을 하기 위해 어마어마한 용기를 냈다는 것을 감출 필요가 있었다. 삼촌은 하하 웃으면서 자신이 나보다 잘 치는 것 같다며 내 말을 받아주었다.

어쩌면 나는, 내가 생각했던 것보다 삼촌을 더 좋아했는지도 몰랐다. 삼촌이 어느 날 학원을 관두었을 때, 그리고 그 사실을 우리는 삼촌의 부재를 통해 깨달았을 때, 너무 늦은 거 아니냐던 내 말을 남모르게 후회했다.

나름 낯을 가렸던 어린 시절에도, 내가 가장 애정을 티 냈던 어른은 미술 선생님이었다. 미술 선생님을 좋아한 이유는, 선생님이 우리가 생각하는 젊은 선생님 그 자체였기 때문이다. 깔끔하게 볼륨 매직 된 단발머리에, 단정한 이목구비의 하얀 얼굴, 직장에서 입을 법한 단정한 셔츠와 청바지까지. 선생님은 나 같은 학생에게만 인기 있던 것은 아니었고, 이런저런 남자 선생님들과도(앞에서 말한 수학 선생님을 포함했다) 잘 엮이곤 했다. 과장인 것을 고려해야겠지만, 어느 선생님이 미술 선생님께 대시했다더라, 하는 소문이 빈번

하게 퍼졌기 때문이다. 그러나 선생님은 상가와는 거리가 먼 남자친구가 있었고, 가끔 그 남자친구는 꽃을 들고 학원에 찾아오곤 했다(그 모습은 우리에게 가히 새로움이었다).

미술 선생님은 이미지와는 다르게 친절함과는 조금 거리가 있었다. 동네 학원의 적절한 수준의 교육보다는, 꽤 전문적으로 가르치고 싶어 하시는 게 느껴졌다. 좋게 말하자면 열정이 있었던 것이고, 나쁘게 말하면 무서웠던 거였다. 그러나 선생님이 하는 냉철하고 매서운 훈계를 들을 때마저도 저렇게 멋지고 카리스마 있는 어른이 되어야지 하고 다짐하고 말았다. 엄했지만, 그런 선생님처럼 되고 싶게 만드는 신기한 어른이었다.

"선생님, 너무 멋져요."

친한 아이들과 선생님에 관해 이야기하다가 마침 선생님이 지나가면, 꼭 한 아이가 그를 붙잡고 한마디 하곤 했다. 그러면 선생님은 웃긴다는 듯 우리를 바라보고 웃다가, 머쓱하게 대답했다.

"됐고, 그림은 다 그렸어?"

선생님은 결국 초등학생들을 대상으로 자아를 실현하는 데에 실패하셨는지, 외국으로 미술 대학원에 가서 더 공부하시겠다며 유학길에 올랐다. 나는 진심으로 아쉬웠지만, 어른이 된 지금도 선생님의 이름 석 자와 '예술', '화가' 같은 키워

드를 같이 검색해보곤 한다.

어려서부터 학원을 많이 다니면 금세 질린다지만, 나는 상가를 오고 다녔던 기억이 싫지 않다. 오히려 상가에서 보내는 시간은 당연한 일상에 가까웠다. 초등학교 이후로는 급속도로 떨어지는 성적에 깜짝 놀란 부모님이 버스를 타야만 갈 수 있는 대형 학원으로 나를 옮겨 주었다. 게다가 중고등학교도 더 큰 곳으로 가서 더 많은 사람을 만날 수 있었다. 그런데도 상가의 기억은 새로운 사람들 가운데서도 잘 살아남고 말았다. 그 사람들은 지금 만나는 사람에 비해서 크게 특별할 게 없는데도 그랬다. 요즘의 나는 사람은 어느 정도 닮아있어서, 하나하나 뜯어보지 않더라도 어느 정도 파악할 수 있다는 사실을 깨달았는지도 모른다. 그러니까, 인터넷에 돌아다니는 심리 검사 결과가 같은 사람들이라거나, 조용한 부류와 시끄러운 부류, 이과와 문과, 중년 세대와 청년 세대 같은 구분 말이다. 종종 상가 시절 사람들을 떠올릴 때면, 사람의 작은 호의가, 혹은 버릇이 하나하나 크게 느껴지고, 그 사람의 행동 이면의 무언가를 날것으로 받아들였던, 그래서 어떤 사람을 진심으로 좋아하거나 싫어했던 그 시절이 한없이 새로워지곤 했다.

서울 마드리드 카사블랑카
프로젝트 시선

1판 1쇄 발행 2020년 9월 15일
지은이 : 김설하, 윤지혜, 이해일, 조수아
편   집 : 이해일
디자인 : 윤지혜
제작 · 홍보 : 김설하, 조수아
펴낸곳 : 한스하우스
인   쇄 : 신영

ISBN 978-89-92440-48-6 03800

* 이 도서는 중소벤처기업부와 소상공인시장진흥공단에서 추진, 전담하고 서울인쇄정보산업협동조합에서 운영하는 서울을지로인쇄소공인특화지원센터의 우수출판 콘텐츠 제작 지원사업에서 지원받아 제작되었습니다.